Jack Kerouac

Os subterrâneos

Tradução de Paulo Henriques Britto

www.lpm.com.br

L&PM POCKET

Coleção **L&PM** POCKET, vol. 555

Título original: *The Subterraneans*

Primeira edição na Coleção **L&PM** POCKET: outubro de 2006
Esta reimpressão: julho de 2010

Tradução: Paulo Henriques Britto
Capa: Marco Cena
Revisão: Larissa Roso e Renato Deitos

CIP-Brasil. Catalogação-na-fonte
Sindicato Nacional dos Editores de livros, RJ

K47s Kerouac, Jack, 1922-1969
Os subterrâneos / Jack Kerouac ; tradução de Paulo Henriques Britto. – Porto Alegre, RS: L&PM, 2010
144 p. ; 18 cm (L&PM POCKET ; v. 555)
Tradução de: *The subterraneans*
ISBN 978-85-254-1569-1
1. Romance americano. I. Britto, Paulo Henriques, 1951-. II. Título. III. Série.

CDD 813
CDU 821.111(73)-3

Rua Comendador Coruja 314, loja 9 – Floresta – 90220-180
Porto Alegre – RS – Brasil / Fone: 51.3225.5777

Pedidos & Depto. comercial: vendas@lpm.com.br
Fale conosco: info@lpm.com.br
www.lpm.com.br

Impresso no Brasil
Inverno de 2010

Jack Kerouac
(1922-1969)

Jean-Louis Lebris de Kerouac nasceu em Lowell, Massachusetts, em 12 de março de 1922; era o mais novo de três filhos de uma família de origem franco-canadense. Começou a aprender inglês apenas aos seis anos de idade, estudou em escolas católicas e públicas locais e, como jogava futebol americano muito bem, ganhou uma bolsa para a Universidade de Columbia, na cidade de Nova York. Nesta cidade conheceu Neal Cassady, Allen Ginsberg e William S. Burroughs. Largou a faculdade no segundo ano, depois de brigar com o técnico de futebol, foi morar com uma ex-namorada, Edie Parker, e juntou-se à Marinha Mercante em 1942 – dando início às jornadas infindáveis que se estenderiam por boa parte de sua vida. Em 1943 alistou-se na Marinha, de onde foi dispensado por razões psiquiátricas. Entre uma e outra viagem, voltava para Nova York e escrevia o seu primeiro romance, *The town and the city*, publicado em 1950, sob o nome de John Kerouac. Este primeiro trabalho era fortemente influenciado pelo estilo do escritor norte-americano Thomas Wolfe e foi bem recebido. Em abril de 1951, entorpecido por benzedrina e café, inspirado pelo *jazz*, escreveu em três semanas a primeira versão do que viria a ser *On the road*. Kerouac escrevia em prosa espontânea, como ele chamava: uma técnica parecida com a do fluxo de consciência. O manuscrito foi rejeitado por diversos editores. Em 1954, começou a interessar-se por budismo e, em 1957, *On the road* foi finalmente publicado, após inúmeras alterações exigidas pelos editores. O livro, de inspiração autobiográfica, descreve as viagens de Sal Paradise e Dean Moriarty pelos Estados Unidos e pelo México. *On the road* exemplificou para o mundo aquilo que ficou conhecido como "a geração *beat*" e fez com que Kerouac se transformasse em um dos mais controversos e famosos escritores de seu tempo – embora em vida tenha tido mais sucesso de público do que de crítica e embora rejeitasse o título de "pai dos *beats*". Seguiu-se a publicação de *The Dharma Bums* (*Os vagabundos iluminados*) – um romance com franca inspiração budista –, *The Subterraneans* (*Os subterrâneos*), em 1958, *Maggie Cassidy*, em 1959, e *Tristessa*, em 1960. A partir daí, Kerouac tendeu à direita, politicamente: criticava os *hippies* e apoiou a guerra do Vietnã. Publicou ainda *Big sur* e *Doctor Sax*, em 1962, *Visions of Gerard*, em 1963, e *Vanity of Duluoz*, em 1968, entre outros. *Visions of Cody*, considerado por muitos o melhor e mais radical livro do autor, só foi publicado integralmente em 1972. Ele morreu em St. Petersburg, Flórida, em 1969, aos 47 anos, de cirrose hepática. Morava, então, com sua mãe e sua mulher, Stela. Escreveu ao todo vinte livros de prosa e dezoito de ensaios, cartas e poesia.

Livros do autor publicados pela **L&PM** EDITORES

Big Sur (**L&PM** POCKET)
Cidade pequena, cidade grande
Diários de Jack Kerouac (1947-1954)
Geração beat (**L&PM** POCKET)
O livro dos sonhos (**L&PM** POCKET)
On the Road – o manuscrito original
On the Road – Pé na estrada (**L&PM** POCKET)
Os subterrâneos (**L&PM** POCKET)
Tristessa (**L&PM** POCKET **PLUS**)
Satori em Paris (**L&PM** POCKET)
Os vagabundos iluminados (**L&PM** POCKET)
Viajante solitário (**L&PM** POCKET)
Visões de Cody

Leia também na Coleção **L&PM** POCKET:

Kerouac – Yves Buin (Série Biografias)
Geração Beat – Claudio Willer (Série **Encyclopaedia**)

1

NAQUELE TEMPO eu era moço e era muito mais orientado e sabia falar sobre qualquer assunto com inteligência nervosa e com clareza e sem preâmbulos literários como este; em outras palavras esta é a história de um homem auto desconfiante, e ao mesmo tempo de um egomaníaco, naturalmente, não adianta bancar o engraçadinho – melhor começar no começo e deixar a verdade vazar aos poucos, isso –. Tudo começou numa noite quente de verão – ah, ela estava sentada num pára-lama com Julien Alexander que é... vou começar a história dos subterrâneos de São Francisco...

Julien Alexander é o anjo dos subterrâneos, o nome subterrâneos é idéia de Adam Moorad que é poeta e amigo meu e disse "Eles estão por dentro das coisas mas não são esnobes, são inteligentes mas não são cafonas, são intelectuais paca e sabem tudo sobre Ezra Pound mas não são pretensiosos e não vivem falando nisso, são muito discretos, são bem do gênero Jesus Cristo". Julien é bem do gênero Jesus Cristo. Eu estava descendo a rua com Larry O'Hara velho companheiro meu de biritadas de muito tempo em São Francisco em minhas longas nervosas e loucas carreiras já tomei porres e às custas de amigos com regularidade tão "jovial" que ninguém se tocava ou me tocava de que eu estou ou estava adquirindo, quando jovem, o mau hábito de viver às custas dos outros só que é claro que eles reparavam mas eles gostavam de mim e como disse Sam: "Todo mundo vem pegar tua gasolina rapaz, você tem um senhor posto de gasolina" ou mais ou menos isso – Larry O'Hara sempre legal comigo, um jovem negociante irlandês maluco de São Francisco com uma sala de fundos balzaquiana na livraria dele onde o pessoal queimava fumo e conversava sobre os velhos tempos da grande banda de Count Basie ou os velhos tempos do grande Chu Berry – de quem falaremos adiante já que ela transou com ele também como aliás ela transou com todo mundo por me conhecer, eu que sou nervoso e composto de muitos níveis e com mais de uma alma – nem um pedacinho de minha dor já transpareceu – ou sofrimento – Anjos, aturai-me – não estou nem olhando para a página e sim direto para a frente para a luztriste de meu paredequarto e para um programa com Sarah Vaughan Gerry Mulligan sobre a minha escrivaninha sob forma de rádio, em outras palavras, estavam sentados no pára-lama de um carro na frente do bar Black Mask na Montgomery Street, Julien Alexander o anjo ou santo dos subterrâneos gênero Cristo barbado jovem calado estranho quase como diria você ou Adam apocalíptico, certamente estrela (agora), e ela, Mardou Fox, cujo rosto quando vi pela primeira vez no bar Dante's ali perto fiquei pensando, "Meu Deus, eu preciso transar com aquela mulher" e talvez também por ela ser preta. Além disso ela tinha o mesmo rosto de Rita Savage amiga de infância da minha irmã e que entre outras coisas me inspirava fantasias em que ela estava entre minhas pernas ajoelhada no chão do banheiro, eu na privada, com aqueles lábios frescos especiais dela e aquelas maçãs do rosto duras e grandes e macias como se fosse uma índia – o mesmo rosto, só que escuro, doce, com olhinhos francos brilhando intensos ela Mardou estava debruçada dizendo alguma coisa extremamente séria a Ross Wallenstein (amigo de Julien) debruçada sobre a mesa, profunda – "Eu preciso transar com ela" – tentei um olhar sedutor sensual ela nem olhou nem viu – tenho que explicar, eu tinha acabado de sair de um navio em Nova York, tendo pagado antes da viagem a Kobe Japão por causa de problemas com o comissário e a minha incapacidade de ser gentil e humano e normal ao mesmo tempo que eu trabalhava como taifeiro (e você agora tem que admitir que estou sendo objetivo), bem típico de mim, eu tratava o chefe de máquinas e os outros oficiais com uma polidez exagerada, eles acabavam ficando com raiva, eles queriam que eu dissesse alguma coisa, talvez até mal-humorada, de manhã, ao servir o café deles e em vez disso eu corria silenciosamente com pés de borracha para cumprir as ordens deles e nunca sorria ou quando sorria era um sorriso doentio, superior, e tudo isso tinha a ver com aquele anjo da solidão pousado no meu ombro quando eu descia a Montgomery Street naquela noite quente e vi Mardou naquele pára-lama com Julien, lembrando, "Ah olha aquela menina que eu preciso transar, será que ela transa com um desses caras" – escura, mal dava para vê-la na rua mal-iluminada – os pés calçados em sandálias de dedo tão grandiosamente sexuais que me deu vontade de beijá-la, de beijá-las – mas sem me tocar de nada disso.

Os subterrâneos estavam fazendo hora à frente do Mask na noite quente, Julien no pára-lama, Ross Wallenstein em pé, Roger Beloit o grande sax-tenor de *bop*,[1] Walt Fitzpatrick que era filho de um diretor famoso criado em Hollywood entre festas com Greta Garbo até o sol nascer e Chaplin caindo de porre à porta, várias outras moças, Harriet que era ex-mulher de Ross Wallenstein meio lou-

1. Bop: o mesmo que bebop; o estilo moderno de jazz, surgido nos anos quarenta, caracterizado pelo virtuosismo instrumental. O grande pioneiro do estilo foi Charlie "Bird" Parker. (N.T.)

ra com feições suaves inexpressivas com um vestido de algodão quase dona-de-casa-na-cozinha mas de uma doçura de ventre que dava gosto ver – e como devo fazer mais uma confissão, muitas outras ainda hei de fazer – sou de uma sexualidade machamente grosseira e não tenho jeito mesmo tenho tendências lascivas etc. e tal igualzinho à quase totalidade dos meus leitores do sexo masculino – e já que entrei em confissões sou canadense de língua francesa, só aprendi a falar inglês lá pelos cinco ou seis anos, até os dezesseis ainda falava inglês com um sotaque esquisito e na escola eu era um bebezão tristonho ainda que depois tenha entrado no time de basquete da faculdade sem o qual ninguém me julgaria capaz de fazer alguma coisa na vida (autodesconfiança) e eu teria acabado no hospício por uma deficiência qualquer –

Mas deixa eu dizer a Mardou (difícil fazer uma confissão de verdade e dizer o que aconteceu quando se é tão egomaníaco que se enche longos parágrafos com detalhes insignificantes sobre si próprio enquanto os detalhes importantes espirituais sobre os outros ficam esperando num canto) – mas seja como for, portanto, estava lá também Fritz Nicholas líder titular dos subterrâneos, a quem eu disse (tendo-o conhecido num *réveillon* num apartamento luxuoso em Nob Hill sentado de pernas cruzadas como um índio doido de peiote num tapete espesso com uma espécie de camisa russa branca limpa e uma menina pirada tipo Isadora Duncan de cabelo comprido encostada no ombro dele fumando um baseado e falando sobre Pound e peiote) (magro também do gênero Cristo olhar de fauno jovem e sério como o pai do grupo, era vê-lo sentado no Black Mask sentado com a cabeça jogada para trás magro olhos escuros olhando para todo mundo como se num espanto lento súbito e "Mas sim meus amorzinhos que vamos fazer agora", mas ao mesmo tempo um cara muito doido, que curtia todas as transas a qualquer hora e que ia fundo) eu disse a ele: "Você conhece essa menina, a escurinha?" – "Mardou?" – "É assim que ela se chama? Com quem ela transa?" – "No momento com ninguém em particular, esse grupo já foi um tanto quanto incestuoso nos áureos tempos", uma coisa muito estranha que ele me disse, quando andávamos em direção ao Chevrolet 36 surradíssimo dele sem banco de trás parado do outro lado da rua com o objetivo de descolar um fumo para todo o pessoal, eu disse a Larry, "Cara, vamos descolar um fumo". – "E pra que você quer esse pessoal todo?" – "Eu quero curtir eles todos como grupo", dizendo isso na frente de Nicholas para ver se ele percebia a minha sensibilidade, eu que era estranho ao grupo e assim mesmo imediatamente etc., percebendo o valor do grupo – fatos, fatos, a doce filosofia já me abandonou há muito tempo juntamente com a seiva de anos passados – incestuoso – tinha também ainda uma outra grande figura no grupo só que esse ano não estava aqui, estava em Paris, Jack Steen, um carinha interessantíssimo tipo Leslie Howard que andava (foi Mardou que depois o imitou para eu ver) que nem um filósofo vienense de braços macios balançando de leve para os lados e passos longos e lentos e líquidos, parando na esquina numa pose suave e imperiosa – ele também tinha transado com Mardou e conforme eu vim a saber depois foi uma transa estranhíssima – mas agora a primeira informação que eu soube a respeito dessa garota que eu estava TENTANDO ganhar como se eu já não tivesse levado na cabeça o bastante antes e outras velhas transas não tivessem me ensinado essa mensagem de dor, viver procurando sarna para se coçar, porque –

Do bar saíam pessoas interessantes aos montes, a noite me impressionava muito, uma espécie de Marlon Brando moreno gênero Truman Capote com um(a) garoto(a) lindo(a) magro(a) ou garota com calças de homem e estrelas nos olhos e cadeiras que pareciam tão macias quando ela botava as mãos dentro das calças dava para ver a mudança – e calças finas escuras caindo sobre os pezinhos, e aquele rostinho, e com eles um cara com outra menina lindona, o nome do cara era Rob e ele é um soldado israelense aventureiro ou coisa que o valha com sotaque britânico o tipo de pessoa que eu imagino que se encontra num bar da Riviera às cinco da manhã bebendo tudo que tem por perto em ordem alfabética com um bando de amigos interessantes pirados do gênero *jet-set* na maior farra – Larry O'Hara me apresentando a Roger Beloit (eu não acreditava que aquele rapaz com aquela cara sem nada de excepcional à minha frente fosse o grande poeta que eu idolatrava na minha juventude, minha juventude, minha juventude, ou seja, 1948, eu cismo de dizer minha juventude) – "Esse é o Roger Beloit? – Então eu sou o Bennet Fitzpatrick" (o pai de Walt) o que fez Roger Beloit sorrir – a essa altura Adam Moorad já havia surgido da noite e estava lá e a noite estava prestes a abrir –

E assim acabamos todos indo mesmo para a casa de Larry e Julien sentou no chão à frente de um jornal aberto dentro do qual estava o fumo (fumo de Los Angeles de má qualidade mas dava para o gasto) e enrolou, os "torceu", como me dissera Jack Steen, o ausente, no tal *réveillon* quando entrei em contato com os subterrâneos pela primeira vez e ele pediu para enrolarem um charo para mim e eu respondi muito seco "Pra quê? Eu que enrolo meus baseados" e imediatamente o rostinho sensível dele enuviou-se etc., e ele me detestou – e por isso me deu gelo o resto da noite sempre que teve oportunidade – mas agora Julien estava sentado no chão pernas cruzadas e torcendo unzinho para o pessoal e todo mundo levando um papo que eu certamente não vou repetir aqui, só para dar uma idéia, era algo do gênero "Eu estou lendo um livro de um tal de Percepied – quem é esse Percepied, ele já dançou?" conversa fiada desse tipo, ou então, enquanto Stan Kenton falava sobre a música do futuro e a gente ouvia um jovem sax-tenor que estava pintando, Ricci Comucca, e Roger Beloit abre os lábios finos arroxeados expressivos para dizer, "É isso que é a música do futuro?" e Larry O'Hara contando as suas piadas de salão de sempre. No Chevrolet 36, a caminho, Julien, sentado a meu lado no chão, esticou a mão e disse, "Meu nome é Julien Alexander, sabe o que eu fiz, eu conquistei o Egito", e aí Mardou esticou a mão para Adam Moorad e se apresentou dizendo "Mardou Fox", mas nem pensou em se apresentar a mim o que devia ter servido para eu antever o que estava por vir, e aí eu tive que esticar a mão para ele e dizer, "Leo Percepied" e apertar – ah, a gente sempre fica a fim de quem no fundo não está a fim da gente – ela queria mesmo era Adam Moorad, ela havia sido recentemente rejeitada fria e subterraneamente por Julien – estava interessada em intelectuais magros ascéticos e estranhos de São Francisco e Berkeley e não em vagabundos grandalhões paranóicos de navios estradas de ferro e romances cheios daquele ódio que em mim é tão evidente para mim e portanto para os outros também – embora e porque dez anos mais moça que eu e não vendo nenhuma das minhas qualidades que aliás estavam há muito enterradas sob anos de drogas e vontade de morrer, desistir, desistir de tudo e esquecer de tudo, morrer na estrela escura – fui eu quem esticou a mão, não ela – ah, o tempo.

Mas ao ver os pequenos encantos dela só me ocorreu a única idéia avassaladora de submergir meu ser solitário ("Um homenzarrão triste e solitário", foi o que ela me disse uma noite depois, ao me ver de repente sentado na cadeira) no banho quente e salvação das coxas dela – intimidades de jovens amantes na cama, ligados, olho a olho, peito nu a peito nu, órgão a órgão, joelho a joelho arrepiado trêmulo, trocando atos amorosos e existenciais pela tentativa de conseguir – "conseguir", palavra favorita dela, vejo os dentinhos meio dentuças dela aparecendo por entre os lábios vermelhos e pequenos, "conseguir" – a chave da dor – ela sentada no canto, perto da janela, estava "destacada" ou "distante" ou "preparada pra se afastar dessa turma" por motivos pessoais dela. – Fui até o canto, encostei a cabeça não nela mas na parede e tentei me comunicar sem palavras, depois com palavras discretas (como convém numa festa) e bem tipo North Beach:[2] "O que você está lendo?" e pela primeira vez ela abriu a boca e falou comigo comunicando um pensamento completo e não cheguei a ficar desanimado mas assim meio na dúvida quando percebi o tom de voz gozado culto meio North Beach, meio modelo I. Magnin, meio Berkeley, meio negro sofisticado, sei lá, uma mistura de *langue* e jeito de falar e usar as palavras que eu nunca tinha ouvido antes só em uma ou outra garota rara e naturalmente *branca* e tão estranho que mesmo Adam percebeu na hora e comentou comigo naquela noite mesmo – mas definitivamente a nova maneira de falar da geração *bop*, não se diz "eu", e sim "eeuu" ou "ééuu", bem arrastado, meio "afeminado", que quando você ouve um homem falando assim pela primeira vez é meio desagradável e quando é uma mulher é charmoso mas muito estranho, e era um som que eu certamente já tinha ouvido e achado estranho na voz dos novos cantores *bop* como Jerry Winters especialmente com a banda de Kenton no disco *Yes Daddy Yes* e talvez Jeri Southern também – mas fiquei desanimado porque North Beach sempre me detestou, me expulsou,

---

2. North Beach: bairro boêmio de São Francisco. (N.T.)

cagou em mim, desde o início em 1943 – porque sabe, eu descendo a rua sou um tremendo marginal e quando eles vêem que eu não sou marginal e sim uma espécie de santo maluco eles não gostam e além disso ficam achando que eu de repente vou virar marginal mesmo e atacá-los e quebrar tudo e isso eu quase já fiz mesmo e quando era adolescente cheguei a fazer literalmente, como na vez que eu andei por North Beach com o time de basquete de Stanford, em particular com Red Kelly cuja mulher morreu (bem feito?) em Redwood City em 1946, todo o time atrás da gente, mais os irmãos Garetta, ele empurrou um violinista veado para dentro de uma porta, e eu empurrei outro, ele deu um soco no dele, eu olhei feio para o meu, eu tinha dezoito anos, tipo de cara que batia até em babá e com a maior cara-de-pau – agora, vendo esse meu passado no meu olhar duro amedrontador e horroroso e orgulhoso não queriam saber de mim, e portanto eu sabia naturalmente que Mardou sentia uma desconfiança e antipatia legítima por mim que estava ali ao lado dela decidido a "conseguir" ganhá-la – bem careta, arrogante, sorrindo, um sorriso falso histérico "compulsivo" como dizem – eu todo agitado – eles cabeça fria – e além disso eu estava usando uma camisa horrorosa nada North Beach, comprada na Broadway em Nova York quando eu me via descendo do navio em Kobe, uma camisa havaiana boba estampada, a qual num acesso de vaidade machona depois das humildades francas do meu eu verdadeiro (sério) depois de dois tapas do baseado eu resolvi desabotoar mais um pouco para exibir meu peito bronzeado e cabeludo – que ela deve ter achado nojento – seja como for ela nem olhou, e falou pouco e baixo – e estava prestando atenção a Julien que estava de cócoras de costas para ela – e ela escutava e murmurava risos da conversa geral – a maior parte da qual era comandada por O'Hara e o alto-falante Roger Beloit e aquele Rob inteligente e aventureiro e eu, muito calado, escutando, sacando, mas na vaidade do desbunde de vez em quando deixando cair comentários "perfeitos" (assim me pareciam) que eram "perfeitos demais" mas que para Adam Moorad que estava me sacando desde o começo traíam claramente minha admiração atenciosa respeitosa pelo grupo, e esse cara de fora fazendo comentários para mostrar como ele estava enturmado – horrível, imperdoável. – Embora no início, antes do baseado, que rolou tipo cachimbo da paz, eu tivesse sentido a nítida impressão de poder me aproximar bastante de Mardou e conseguir ganhá-la naquela noite mesmo, isto é sair com ela só nós dois mesmo que fosse só para tomar um café mas com os tapas que eu dei que me fizeram rezar fervorosamente e secretamente pela volta da minha "sanidade" pré-fumo eu me tornei extremamente autodesconfiante, artificial, certo de que ela não gostava de mim, detestando os fatos – lembrando agora da primeira noite que conheci minha paixão Nicki Peters em 1948 no apê de Adam Moorad na Fillmore Street, eu parado despreocupado cervejando na cozinha como sempre (e em casa trabalhando furiosamente num romance enorme, maluco, pirado, confiante, jovem, talentoso como nunca mais consegui ser) quando ela apontou para minha sombra do perfil na parede verde-clara e disse "Teu perfil é tão bonito", o que me desconcertou tanto e (como o fumo) me fez ficar autodesconfiante, atento, tentar "conseguir" ganhá-la, agir daquele jeito que pela sugestão quase hipnótica dela me levava agora às primeiras investigações preliminares do orgulho *versus* orgulho e beleza ou beatitude ou sensibilidade *versus* o nervosismo neurótico estúpido do tipo fálico, eternamente preocupado com o próprio falo, sua própria torre, e encarando as mulheres como poços – a verdade da coisa estando ali, mas o homem desconcertado, tenso, e agora não é mais 1948 e sim 1953 com as gerações cabeça-feita e eu cinco anos mais velho, ou mais moço, tendo que "conseguir" ganhar mulheres com um novo estilo e cortar o nervosismo – fosse como fosse, desisti de tentar ganhar Mardou na marra e resolvi passar a noite sacando aquela turma nova desconcertante incrível de subterrâneos que Adam havia descoberto e batizado em North Beach.

Mas desde o começo que Mardou era realmente autodependente e independente, proclamando que não queria ninguém, acabando (depois de mim) na mesma – o que agora na noite fria desabençoada eu sinto no ar, esta proclamação dela, e que os dentinhos dela não são mais meus e sim provavelmente de meu inimigo que os lambe e trata Mardou do jeito sádico que ela provavelmente gosta já que eu não a tratava de jeito nenhum – assassinatos no ar – e aquela esquina melancólica onde há um poste de luz, e sopram ventos, um jornal, neblina, vejo a cara desanimada de mim-mesmo e meu pretenso amor murcho no beco, mau sinal – como antes murchara melancólico em cadeiras quentes, cabisbaixo ao luar (embora hoje seja a grande noite da lua cheia do equinócio de outono) – como antes foi o reconhecimento da necessidade de eu voltar ao amor ao mundo todo, como convém a um grande escritor, como um Lutero, um Wagner, agora esse pensamento quentinho de grandeza é um grande vento gelado – pois também a grandeza morre – ah e quem disse que eu sou grande – e se fosse mesmo um grande escritor, um Shakespeare secreto dos travesseiros noturnos? ou isso mesmo – um poema de Baudelaire não vale o sofrimento dele – o sofrimento dele – (Foi Mardou que acabou me dizendo, "Eu preferia o homem feliz aos poemas tristes que ele nos deixou", com o qual estou de acordo e sou Baudelaire, e amo minha amante negra e eu também me encostei em seu ventre e ouvi os ruídos subterrâneos) – mas eu devia ter entendido quando ouvi sua primeira proclamação de independência que era sincera a repulsa dela a qualquer envolvimento, em vez de me jogar a ela como se e porque eu queria mesmo me machucar e me "lacerar" – mais uma laceração e vão ter que preparar o caixão para mim rapaz – pois a morte já dobra suas grandes asas sobre minha janela, eu a vejo, ouço, cheiro, eu a vejo na frouxidão das camisas que jamais usarei, novas-velhas, na-moda-fora-de-moda, gravatas ofídicas que nem uso mais, cobertores novos para leitos pacíficos outonais transformados em macas estrebuchantes inquietas sobre o mar suicida – perda – ódio – paranóia – era o rostinho dela que eu queria penetrar, e o fiz –

Naquela madruga quando a festa estava no auge eu estava no quarto de Larry de novo admirando a luz vermelha lembrando da noite que passamos com Mickey lá dentro, nós três, Adam e Larry e eu, e tomamos umas anfetas e foi uma sacanagem impossível de descrever – quando Larry entrou e disse, "Cara você vai ganhar ela hoje?" – "Pô querer eu bem que quero – mas não sei –." – "Olha rapaz tem mais é que saber, o tempo está passando, que que deu em você, a gente traz essa gente toda pra cá e apresenta aquele fumo todo e agora já entramos na cerveja que estava no gelo e a gente tem que sair levando alguma coisa nessa, mete bronca –" "Ah, você está a fim dela?" – "Em princípio cara pro que eu quero eu estou a fim de qualquer um – mas, pô, pensa só." O que me levou a mais uma tentativa breve forçada abortiva, algum olhar, comentário, sentado ao lado dela no canto, aí desisti e ao nascer do dia ela saiu com os outros e foram todos tomar café e eu desci com Adam para vê-la de novo (descendo as escadas atrás do grupo cinco minutos depois) e eles estavam lá mas ela não, remoendo independentemente suas ruminações escuras, havia ido embora para seu apezinho abafado na Heavenly Lane em Telegraph Hill.

E aí fui para casa e durante vários dias nas minhas fantasias sexuais era ela, seus pés escuros, sandálias de dedo, olhos escuros, rostinho negro macio, bochechas e lábios tipo Rita Savage, intimidadezinhas secretas e por algum motivo agora também encantos macios de cobra como convém a uma mulherzinha escura e magra chegada a roupas escuras, pobres roupas *beat*[3] subterrâneas...

Algumas noites depois Adam anunciou com um sorriso mau que havia encontrado com ela num ônibus da Third Street e aí foram para a casa dele conversar e beber e aí tiveram um papo enorme que terminou com Adam nu recitando poesia chinesa e passando um baseado e depois deitado na cama. "E ela é muito afetuosa, meu Deus, de repente ela te dá um abraço só de afeto repentino, sem nenhum outro motivo." – "Você vai conseguir? ter um caso com ela?" – "Olha eu vou te – vou te dizer uma coisa – ela é muito não é pouco doida não – está fazendo terapia, parece que ela pirou feio muito recentemente, uma transa qualquer com Julien, já está nessa terapia há algum tempo só que nunca vai lá, fica sentada ou deitada lendo ou não fazendo nada só olhando pro teto o dia todo no apartamento dela, dezoito dólares por mês na Heavenly Lane, parece que recebe uma espécie de mesada que os médicos ou não-sei-quem arranjaram pra ela por ela ser incapaz de trabalhar uma coisa assim sei lá – ela vive falando nisso e realmente até demais pro meu gosto – diz que tem altas alucinações sobre freiras no orfanato onde ela foi criada e vê as tais freiras e se sente ameaçada

3. Beat: característico dos beatniks ou hipsters, boêmios dos anos cinqüenta; o mesmo que hip (termo do qual derivou hippie, nos anos sessenta). (N.T.)

mesmo – e outras coisas também, como a sensação de tomar um pico embora ela nunca tenha tomado pico ela só conhece uns viciados." – "O Julien?" – "O Julien toma heroína sempre que pode ou seja não muito porque ele vive duro e a ambição dele é ser um viciado de verdade – mas o fato é que ela já teve a alucinação não de estar pegando carona na viagem dos outros e sim de que alguém estava secretamente aplicando ela, sei lá, gente que segue ela na rua, é realmente pirada, é demais pra mim – e pra terminar é preta e eu não quero me meter nessa. – "Ela é bonita?" – "É linda – mas eu não consigo entrar nessa." "Mas eu cara acho ela lindona e gosto de tudo o mais." – "Bem então vai nessa que você consegue – vai lá, eu te dou o endereço, peraí, melhor ainda eu convido ela pra vir aqui e a gente conversa, você tenta se você quiser mas apesar de eu sentir o maior tesão nela eu realmente não estou a fim de me envolver mais com ela, não apenas por esses motivos todos mas também por um outro motivo, o principal, é que eu se me envolver com uma menina agora tem que ser um negócio definitivo definitivo mesmo sério e duradouro e isso com ela não dá." – "Pois eu quero um negócio duradouro definitivo etcétera." – "Vamos ver vamos ver."

Depois ele me avisou a noite que ela ficou de ir jantar na casa dele e aí eu pintei, fumamos um baseado na sala vermelha, com uma luzinha vermelha fraca acesa, e ela entrou com a cara de sempre só que dessa vez eu estava com uma camisa esporte de seda toda azul e umas calças legais e fiquei sentado muito tranqüilo fingindo estar muito tranqüilo na esperança de que ela notasse isso e a conseqüência foi que quando a moça entrou na sala eu não me levantei.

Enquanto eles comiam na cozinha eu fingi que estava lendo. Fingi que não estava prestando a menor atenção.

Saímos para dar uma volta nós três e agora todo mundo estava querendo falar como três bons amigos que querem dizer tudo que passa na cabeça, uma rivalidade amistosa – fomos até o Red Drum ouvir *jazz* e naquela noite era Charlie Parker com Honduras Jones na bateria e outras caras interessantes, provavelmente Roger Beloit também, que eu queria ver agora, e aquela animação de *bop* suave-noturno de São Francisco no ar mas tudo naquela doçura fresca relaxada de North Beach – e aí a gente acabou correndo, da casa de Adam em Telegraph Hill, descendo a rua branca à luz dos lampiões, correndo, pulando, se exibindo, se divertindo – senti uma alegria e uma coisa pulsando e gostei de ver que ela conseguia andar tão depressa quanto eu – uma belezinha linda magra forte para desfilar na rua e uma cena tão incrível que as pessoas paravam para olhar, Adam barbudo esquisito, Mardou negra e suas calças estranhas, e eu, o marginalzão alegre.

E aí chegamos no Red Drum, uma mesa cheia de copos de chope, quer dizer não muitos e as turminhas entrando e saindo, pagando um dólar e vinte e cinco centavos para entrar, o baixinho sacana metido a *hipster* recebendo os ingressos, Paddy Cordavan entrando flutuando como na profecia (um subterrâneo alto grandalhão louro tipo motorista de bonde, de Washington, com pinta de *cowboy* de *jeans* entrando numa festa muito louca enfumaçada de geração e aí eu gritei "Paddy Cordavan?" e "É?" e ele veio) – todo mundo sentado junto, grupos interessantes em várias mesas, Julien, Roxanne (uma mulher de 25 anos que profetizava o estilo futuro da América com cabelo quase raspado mas com cachos negros enrolados como cobras andar de cobra rosto anêmico de tomador de pico pálido pálido e nós dizemos tomador de pico onde Dostoiévski diria o quê? senão asceta ou santo? mas nem um pouco? mas o rosto frio e pálido da moça fria e azul com camisa branca de homem mas com as mangas desabotoadas por isso eu lembro dela curvada para a frente falando com alguém depois de ter atravessado o bar com ombros motorizados, curvando-se para falar com a mão segurando um toco de cigarro e o gesto preciso com que ela jogava fora as cinzas mas repetidamente com unhas longuíssimas de três centímetros e também oriental e como uma cobra) – grupos de todos os tipos, e Ross Wallenstein, a turma, e no palco Bird Parker com olhos solenes ele tinha dançado há não muito tempo e tinha voltado a uma São Francisco em que o *bop* estava morto mas tinha acabado de descobrir ou ser apresentado ao Red Drum, toda a turma da geração gemendo e se reunindo lá, e aí lá estava ele no palco, examinando todo mundo com os olhos enquanto soprava aquelas notas "malucas" agora já formando um desenho regular – a bateria incessante, o pé-direito alto – Adam por minha causa saindo por volta das onze porque tinha de se deitar para trabalhar de manhã, depois de uma breve saída com Paddy e eu para tomar um chopinho rápido de dez centavos na loucura do Pantera's, onde Paddy e eu na nossa primeira conversa e gargalhada juntos acabamos fazendo queda de braço – agora Mardou deu uma saída comigo, olhos alegres, entre um *set* e outro, para tomar uma cervejinha rápida, só que ela fez questão de ir ao Mask onde o chope era quinze centavos, mas ela tinha uns trocados também e fomos lá e começamos a conversar sério e se ligar na cerveja e agora era o começo – voltando ao Red Drum para ouvir o resto do *show*, ouvir Bird, que eu já tinha percebido tinha sacado Mardou várias vezes e a mim também olhando bem no meu olho para ver se eu realmente era o grande escritor que eu achava que era como se ele conhecesse meus pensamentos e ambições ou se lembrasse de mim de outras boates e outras paragens, outras Chicagos – não um olhar de desafio mas o rei e fundador da geração *bop* no mínimo o som dela curtindo a platéia curtindo os olhos dele, os olhos secretos sacando, enquanto ele só apertava os lábios e soltava aqueles grandes pulmões e dedos imortais, os olhos separados e interessados e humanos, o mais bondoso músico de *jazz* que podia existir e portanto naturalmente o maior – sacando Mardou e eu na infância de nosso amor e provavelmente se perguntando por quê, ou sabendo que não ia durar, ou vendo quem ia se machucar, como agora, obviamente, mas não ainda, era Mardou cujos olhos brilhavam em minha direção, embora eu na hora não pudesse saber e mesmo agora não possa ter certeza – só há o fato de que, voltando para casa, terminado o *show* e bebido o chope do Mask voltamos para casa no ônibus da Third Street tristemente atravessando a noite no pulsar e sacolejar do neon e quando eu de repente me cheguei para ela para gritar mais alguma coisa (no seu eu mais secreto como ela depois confessou) o coração dela saltou de felicidade ao cheirar a "doçura do meu hálito" (citação) e de repente ela quase me amava – eu não sabendo, ao encontrarmos a porta russa escura e triste da Heavenly Lane um grande portão de ferro arranhando a calçada quando abria, lá dentro fedendo a latas de lixo tristes apoiadas umas nas outras, cabeças de peixes, gatos, depois o beco propriamente dito, a primeira vez que eu o vi (a sua longa história e imensidão na minha alma, como em 1951 eu andava com caderno de desenho numa tarde louca de outubro quando eu estava descobrindo finalmente minha própria alma de escritor vi o subterrâneo Victor que uma vez foi até Big Sur de moto, diziam que tinha ido até o Alasca também de moto, com uma menininha subterrânea Dorie Kiehl, lá estava ele com o grande casacão de Jesus andando para o norte em direção à Heavenly Lane para o apartamento dele e eu o segui por um pedaço, pensando na Heavenly Lane e todas as longas conversas que eu tinha há anos com pessoas como Mac Jones a respeito do mistério, o silêncio dos subterrâneos, "Thoreaus urbanos" é como Mac os chamava, como Alfred Kazin numa aula que ele deu na New School de Nova York comentando que todos os estudantes se interessavam em Whitman do ponto de vista da revolução sexual e em Thoreau do ponto de vista contemplativo místico e antimaterialista como se existencialista ou sei lá que ponto de vista, o lado bobão e maravilhoso, o lado *Pierre* de Melville da coisa, os vestidos escuros *beat* de aniagem, as histórias de grandes saxofonistas tomando pico ao lado de janelas quebradas e tirando um solo, de grandes jovens poetas loucos em obscuridades sagradas do gênero Rouault, a Heavenly Lane a famosa Heavenly Lane onde todos os subterrâneos *beat* uma vez ou outra haviam morado, como Alfred e a mulherzinha doente dele que pareciam um lance dos cortiços de São Petersburgo de Dostoiévski mas na verdade era o idealista barbudo americano perdido – a coisa toda), vendo a Heavenly Lane pela primeira vez, mas com Mardou, as roupas na corda no pátio, na verdade área de fundos de uma cabeça-de-porco de vinte famílias com janelas abauladas, a roupa na corda na tarde a grande sinfonia de mães, crianças, pais italianos irlandeses gritando de escadas, cheiros, miados, mexicanos, rádios tocando bolero ou mexicano ou tenor italiano de comedores de espaguete ou alto de repente aumenta o volume do rádio sinfonias de Vivaldi cravo intelectuais bum blã o som tremendo que eu então passei a ouvir todo o verão nos braços de meu amor – entrando lá agora, e subindo as escadas estreitas e bolorentas como uma choupana, e a porta do apartamento dela.

Maquiavélico decretei que íamos dançar – antes ela estava com fome e eu sugeri e acabamos indo comprar fritada chinesa na esquina de Jackson com Kearny e agora ela pôs para esquentar (depois confessou que detestou embora seja um dos meus pratos favoritos e bem típico do meu comportamento posterior eu já estava obrigando-a a engolir aquilo que ela numa tristeza subterrânea queria mais era aturar sozinha se é que queria), ah. – Dançando, eu havia apagado a luz, de modo que, no escuro, dançando, beijei-a – foi estonteante, ao ritmo da dança, o começo, o começo de sempre de amantes beijando-se em pé numa sala escura a sala sendo da mulher e o homem cheio de planos – terminando depois em danças loucas ela no meu colo ou minha coxa enquanto eu a jogava para o lado para trás ela equilibrando-se pendurada no meu pescoço os braços dela que viriam a aquecer-me tanto a *mim* que naquele instante estava só quente –

E logo soube que ela não acreditava em nada e não tinha tido ninguém para acreditar em nada – mãe negra morreu de parto dela – pai meio índio cherokee desconhecido um vagabundo que caminhava jogando os sapatos rasgados através das planícies cinzentas no outono com um *sombrero* preto e cachecol cor-de-rosa de cócoras em frente à fogueira assando salsichas jogando fora na escuridão latas vazias de vinho Tokay "ôôô Calexico!"

Rapidamente mergulhei, mordi, apaguei a luz, escondi meu rosto envergonhado, fiz amor com ela tremendamente por causa da carência de amor há um ano quase e a necessidade me empurravam para o chão – nossos pequenos acordos no escuro, coisas que no duro não deviam jamais ser ditas – pois foi ela que depois me disse "Os homens são tão malucos, querem a essência, a mulher é a essência, lá está ela bem na mão deles mas eles saem correndo construindo grandes estruturas abstratas". –

"Você quer dizer que eles deviam era ficar em casa com a essência, ou seja passar o dia inteiro deitados à sombra de uma árvore com a mulher mas Mardou isso é uma velha idéia minha, uma idéia linda, eu nunca ouvi ninguém exprimir ela melhor e nem sonhei." – "Em vez disso eles saem por aí correndo e ficam achando que a mulher é um prêmio e não um ser humano, ora cara eu posso estar metida nessa merda também mas eu não tenho nada a ver com isso" (naquele tom doce culto e *hip* da nova geração). – E assim tendo agora a essência do amor dela eu construo grandes estruturas verbais e ao fazer isso traio a essência – contando histórias fofocas pendurando na corda do mundo esses lençóis íntimos – e os dela, os nossos, nos dois meses inteiros de nosso amor (eu pensei) só lavados uma vez sendo ela uma linda subterrânea que passava os dias sonhando que ia levá-los à lavanderia mas de repente já estamos no fim de uma tarde fria e é tarde demais e os lençóis estão cinzentos, lindos para mim – porque macios. Mas não posso nessa confissão trair o mais íntimo, as coxas, o que as coxas contêm – e no entanto escrever para quê? – as coxas contêm a essência – e no entanto eu sei que devo ficar lá e de lá eu vim e para lá um dia hei de voltar, mas assim mesmo tenho que sair correndo por aí e construir construir – para nada – poemas de Baudelaire –

Nunca nem uma vez ela usou a palavra amor, bem naquele primeiro momento depois da nossa dança louca quando a carreguei ainda no meu colo solta até a cama e lentamente pousei-a, deixei-me encontrá-la, o que ela adorou, e tendo vivido toda a sua vida sem sexo (fora a primeira conjugalidade aos quinze anos de idade e que por algum motivo a consumiu e depois nunca mais) (Ah a dor de contar esses segredos que é tão importante contar, senão para quê escrever ou viver) agora "*casus in eventu est*"[4] mas gostando de me ver perder a cabeça levemente egomaniacamente como se após umas poucas cervejas. – Deitado pois no escuro, macio, cheio de tentáculos, à espera, até o sono chegar – assim de manhã acordo do grito dos pesadelos de cerveja e vejo a meu lado a negra de lábios entreabertos dormindo, e pedacinhos de enchimento de travesseiro nos cabelos negros dela, sinto quase repulsa, percebo que animal eu sou por sentir algo semelhante a repulsa, uva corpinho docenu sobre lençóis inquietos da turbulência da véspera, os barulhos da Heavenly Lane penetrando de fininho pelas janelas cinzentas, um dia de juízo final cinzento de agosto então eu tenho vontade de sair de repente para "voltar pro meu trabalho" a quimera de não quimera porém a consciência organizada e progressiva do trabalho e dever que eu havia criado e desenvolvido em mim mesmo em casa (em South San Francisco[5]) humilde embora seja, os confortos de lá também, a solidão que eu queria e agora não suporto. – Levantei e comecei a me vestir, pedir desculpas, ela deitada como uma mumiazinha no lençol virando os olhos castanhos sérios para mim, como olhos observadores de índio na floresta, com cílios castanhos se erguendo de repente com cílios negros para revelar súbitos olhos fantasticamente brancos com o íris castanho reluzente no centro, a seriedade do rosto dela acentuada pelo toque levemente oriental como o de um nariz de lutador de box e as bochechas ligeiramente inchadas de sono, como o rosto de uma linda máscara de pórfiro encontrada há muito e asteca. – "Mas por que você tem que sair tão depressa, como se quase histérico ou preocupado?" – "Bem eu tenho que ir eu tenho trabalho a fazer e tenho que acordar direito – ressa-

---

4. *Casus in eventu est* (latim): "O caso ainda está por resolver". (N.T.)

5. South San Francisco: subúrbio proletário de São Francisco. (N.T.)

ca –" e ela mal acordada ainda, e aí eu saio de fininho com umas poucas palavras quando ela quase adormece de novo e eu passo uns dias sem vê-la –

O machão adolescente tendo feito sua conquista mal se preocupa em casa com a perda do amor da donzela conquistada, a linda moça dos cílios negros – não é confissão. – Foi numa manhã que eu dormi no Adam que eu a vi de novo, eu estava para me levantar, bater umas coisas à máquina e tomar café na cozinha o dia inteiro porque naquela época trabalho, trabalho era no que eu mais pensava, amor não – não a dor que me impele a escrever isto mesmo sem eu querer, a dor que não será apagada pelo ato de escrever e sim acentuada, mas que será redimida, e se ao menos fosse uma dor digna que pudesse ser colocada em outro lugar que não essa sarjeta negra de vergonha e perda e loucura barulhenta na noite e pobre suor na minha testa – Adam levantando para ir ao trabalho, eu também, me lavando, mastigando conversa fiada, quando o telefone tocou e era Mardou, que estava indo para a terapia, mas precisava de um trocado para o ônibus, morava logo ali perto, "Tudo bem pinta aqui mas rápido que eu estou indo pro trabalho ou então deixo o dinheiro com o Leo" – "Ah ele está aí?" – "Está." – Na minha mente pensamentos machos de transar de novo e de realmente curtir vê-la de novo de repente, como se eu achasse que ela não havia gostado da primeira noite (sem razão nenhuma para achar isso, antes da trepada ela havia deitado no meu peito comendo a fritada chinesa e me curtindo com olhos brilhantes de alegria) (que hoje à noite meu inimigo devora?) idéia que me faz largar minha testa quente suada numa mão cansada – ó amor, fugiste de mim – ou será que telepatias se cruzam empaticamente na noite? – Cacoetes que surgem para que o amante frio de lascívia mereça o sangrar quente do espírito – assim ela veio, às oito da manhã, Adam foi para o trabalho e nós ficamos sozinhos e imediatamente ela enroscou-se no meu colo, por convite meu, na poltrona grande e começamos a falar, ela começou a contar a história dela e eu liguei (no dia cinzento) a lâmpada vermelha fraca e assim começou nosso verdadeiro amor –

Ela tinha que me contar tudinho – claro que da outra vez ela já tinha contado toda a história dela para Adam e ele tinha ouvido cofiando as barbas com um sonho no olho distante para parecer atento e apaixonado na fria eternidade, balançando a cabeça – agora comigo ela estava começando tudo outra vez mas como se (pensei eu) para um irmão de Adam um amante maior e mais forte, melhor ouvinte e mais preocupado. – Lá estávamos nós na cinzenta São Francisco no cinzento Oeste, dava para quase sentir o cheiro da chuva no ar lá longe, para além de Donner e Truckee ficava o grande deserto de Nevada, os descampados que levavam até Utah, até Colorado, até as gélidas gélidas planícies onde eu não parava de imaginar que aquele pai dela meio índio vagabundo estava deitado de bruços num vagão-plataforma, o vento agitando seus trapos e chapéu preto, seu rosto escuro e triste encarando todo aquele chão desolado. – Em outros momentos eu o imaginava trabalhando na colheita perto de Indio e numa noite quente ele está sentado numa cadeira na calçada entre homens em mangas de camisa contando piadas, aí ele cospe e eles dizem, "Ô Hawk Taw, conta pra gente de novo aquela história da vez que você roubou aquele táxi e foi até Manitoba no Canadá – cejaouviu ele contar essa, Cy?" – Vi a visão do pai dela, ele em pé, orgulhoso, bonito, à luz mortiça fria vermelha da América numa esquina, ninguém sabe o nome dele, nem quer saber –

As historinhas dela de pirações e pequenas fugas, atravessando fronteiras da cidade, queimando fumo demais, que pareciam tão terríveis a ela (à luz de minhas absorções sobre o pai dela fundador da carne dela precursor terrível dos terrores dela e saber de pirações e loucuras muito maiores que as ansiedades de origem psicanalítica dela sequer me poderiam fazer imaginar), serviam apenas de pano de fundo para pensamentos sobre os negros e os índios e a América em geral mas com todas as conotações da "nova geração" e outras preocupações históricas na qual ela agora sucumbia como todos nós nessa Tristeza Intelecto-Européia de todos nós, a seriedade inocente com a qual ela contava sua história e eu já a tinha ouvido tantas vezes e eu mesmo contado – de olhos arregalados abraçados no céu juntinhos – *hipsters* da América nos anos cinqüenta sentados na penumbra de uma sala – o ruído das ruas além do parapeito nu e macio da janela. – Preocupação com o pai dela, que eu também já perambulara pelo mundo e me sentara no chão e vira as estradas de ferro da América cobrindo o chão cheios de ossos de velhos índios e habitantes originais da América. – No outono frio cinzento do Colorado e Wyoming eu havia trabalhado a terra vendo vagabundos índios aparecer de repente do mato perto da trilha andando devagar, com lábios de gavião, queixos vincados e enrugados, para a grande sombra da luz carregando sacos e cacarecos falando baixinho entre si e tão distantes das absorções dos trabalhadores do campo, mesmo os negros de ruas de Cheyenne e Denver, os japoneses, os armênios e mexicanos e minorias em geral de todo o Oeste que olhar para três ou quatro índios atravessando um campo é para os sentidos algo inacreditável como um sonho – você pensa, "Devem ser índios – ninguém tá olhando pra eles – eles estão indo pra lá – ninguém repara – tanto faz para que lado eles vão – talvez pra reserva? O que eles levam naqueles sacos de papel pardo?" e é só com muito esforço que você se toca

"Mas eles eram os herdeiros dessa terra e sob esses céus imensos eles eram os preocupadores e lamentadores e protetores de mulheres nações inteiras reunidas em torno de tendas – agora o trilho que passa por cima dos ossos dos antepassados deles leva eles pra frente em direção ao infinito, fantasmas de humanidade pisando leve a superfície do chão tão profundamente supurada com o fruto do sofrimento deles que basta cavar um pouco para achar a mão de um bebê. – O trem moderno de passageiros a diesel com rodas cortantes passando, brem, brem, os índios só olham – vejo eles sumindo como manchas –" e sentado na sala luz vermelha em São Francisco agora com a doce Mardou eu penso, "E esse que eu vi foi teu pai no meio do descampado cinzento, engolido pela noite – dos sucos dele vieram teus lábios, teus olhos cheios de sofrimento e dor, e nunca vamos saber o nome dele o destino dele?" – A mãozinha escura dela está enrodilhada dentro da minha, as unhas mais pálidas que a pele, nos dedos dos pés também e sem sapatos ela pôs um dos pés entre minhas coxas para aquecê-lo e conversamos, começamos nosso romance no nível mais profundo de amor e histórias de respeito e vergonha. – Pois a maior chave da coragem é a vergonha e os rostos borrados no trem que passa não vêem nada na pradaria só figuras de vagabundos sumindo na distância –

"Lembro um domingo, Mike e Rita estavam lá em casa, a gente tinha um fumo muito forte – eles diziam que tinha cinza de vulcão misturada e era o mais forte que eles já tinham fumado." – "Era de Los Angeles?" – "Era mexicano – os caras foram lá de caminhonete e cada um entrou com uma grana, ou em Tijuana sei lá – a Rita estava pirando nessa época – quando a gente já estava completamente desbundada ela se levantou muito dramática no meio da sala e disse que os nervos dela estavam queimando até o osso – vendo ela *pirar* ali na minha frente – fiquei nervosa e comecei a entrar numa em relação a Mike, ele *olhava* assim pra mim como se ele quisesse me matar – o olhar dele é muito estranho mesmo – eu saí da casa e fui andando sem saber pra onde, minha cabeça ficava pensando pra que lado eu ia mas meu corpo andava sempre pra frente pela Columbus Avenue embora eu tivesse a sensação de cada direção que eu tomava mental e emocionalmente, espantada com todas as direções que a pessoa pode tomar dependendo dos objetivos que pintam, quer dizer como você pode virar uma pessoa *diferente* – eu penso muito nisso desde pequena, de por exemplo em vez de subir a Columbus como eu fazia sempre eu entrar na Filbert será que aconteceria uma coisa bem insignificante na hora mas que depois ia influenciar todo o resto da minha vida? O que aconteceria se eu tivesse seguido na direção que eu *não* segui? – e por aí vai, se isso não fosse uma preocupação tão constante pra mim na solidão que eu encarava de tantas maneiras diferentes quanto possível eu não ligava pra isso agora, só que com os caminhos horríveis a que essas suposições me levavam eu me *apavorava*, se eu não fosse tão *persistente* –" e assim por diante durante o resto do dia, uma história comprida confusa que eu só lembro uns pedaços e assim mesmo por alto, só a massa de sofrimento em forma conectada –

Pirações em tardes sombrias no quarto de Julien e Julien sentado sem prestar nenhuma atenção a ela só olhando para o grande vazio de mariposas se mexendo só de vez em quando para fechar a janela ou descruzar as pernas e depois cruzar ao contrário, os olhos redondos fixos numa meditação tão demorada e tão misteriosa e como eu digo tão do gênero Cristo tão tipo carneirinho vista de fora que era de enlouquecer qualquer um bastava viver um dia só com Julien ou Wallenstein (mesmo tipo) ou Mike Murphy (mesmo tipo), os subterrâneos aturando seus longos pensamentos soturnos. – E a garota humilde esperando num canto escuro, como eu me lembrava muito bem no tempo em que estava em Big Sur e Victor chegou na motocicleta dele literalmente feita em casa com Dorie Kiehl, tinha uma festa na cabana de Patsy, cerveja, luz de velas, rádio, conversas, e no entanto durante a primeira hora os recém-chegados com suas roupas gozadas esfarrapadas e ele com aquela barba e ela com aqueles olhos sérios sombrios ficaram praticamente escondidos atrás da luz das velas na sombra de modo que não dava para vê-los e como eles não diziam absolutamente nada só (se não escutavam) meditavam, emburravam, aturavam, no final eu já tinha até esquecido que eles estavam lá – e naquela mesma noite depois eles dormiram numa barraca de campanha no campo na neblina e orvalho da Noite Estrelada da Costa do Pacífico e com o mesmo silêncio humilde não mencionaram nada de manhã – Victor sempre na minha cabeça sempre o exagerador central das tendências subterrâneas *hip* ao silêncio, mistério boêmio, drogas, barbas, semi-santidade e, como eu vim a descobrir depois, mau-caratismo extremo (como George Sanders em *A lua e seis vinténs*) – assim Mardou uma jovem saudável dos descampados pronta para o amor agora escondida num canto bolorento esperando Julien falar. – De vez em quando no "incesto" geral ela era discreta e silenciosamente por meio de alguma combinação ou negociação secreta trocada ou então era só "ô Ross você leva a Mardou pra casa hoje eu estou a fim de transar com a Rita pra variar", – e passando uma semana na casa de Ross fumando cinza de vulcão, ela estava pirando – (a tensa ansiedade do sexo impróprio ainda por cima, as ejaculações precoces daqueles *maquereaux*[6] anêmicos que

6. *Maquereaux* (francês): cafetões. (N.T.)

deixavam a menina suspensa em tensão e espanto). – "Eu era uma garota inocente quando conheci eles, independente e não que eu fosse feliz nem nada mas eu achava que eu tinha uma coisa a fazer, queria estudar à noite, já tinha tido vários empregos, de encadernadora na Olstad's e nuns lugares menores em Harrison, a professora de arte na escola dizia que eu podia vir a ser uma grande escultora e eu rachava quartos com pessoas e comprava roupas e estava me dando bem" (mordendo o labiozinho, fazendo um barulhinho na garganta de aspirar ar depressa de tristeza como se estivesse resfriada, como fazem as gargantas de caras que bebem muito mas ela não bebia ela só entristecia) (suprema, escura) – (apertando braço quente mais forte ainda em volta de mim) "e ele deitado ali dizendo o que foi e eu não entendo –." Ela não entende de repente o que aconteceu porque ela pirou, perdeu o auto-reconhecimento habitual, e sente o zumbido sombrio do mistério, ela não sabe mesmo quem ela é e por que e onde ela está, olha pela janela e essa cidade São Francisco é o grande palco nu e frio onde estão fazendo uma imensa sacanagem com ela. – "Quando eu virava as costas eu não sabia o que o Ross estava pensando – nem fazendo." – Estava nua, havia levantado dos lençóis satisfeitos dele para se entregar aos cinzentos pensamentos do que fazer, aonde ir. – E ela quanto mais demorava parada ali dedo-na-boca e mais o homem dizia "Que foi benzinho" (por fim ele parou de perguntar e deixou ela parada ali) mas ela sentia a pressão de dentro quase estourando a explosão chegando perto, finalmente deu um passo gigantesco para a frente engolindo medo – tudo estava claro: perigo no ar – estava escrito nas sombras, na poeira sombria atrás da prancha de desenho no canto, nas latas de lixo, na umidade cinzenta do dia se infiltrando na parede e chegando até a janela – nos olhos ocos das pessoas – ela saiu correndo do quarto. – "O que ele disse?"

"Nada – ele nem se mexeu estava com a cabeça quase encostada no travesseiro quando eu olhei pra trás ao fechar a porta – eu estava nua na rua, não me incomodava, eu estava tão imersa na minha compreensão de tudo que eu sabia que era uma criança inocente." – "O bebê nu, pô!" – (E para mim mesmo: "Meu Deus, essa garota, Adam tem razão ela é louca, se eu ia fazer uma coisa dessas, eu pirava como pirei com anfeta em 1945 com a Honey e entrei numa que ela queria usar meu corpo para botar no carro e o acidente e o fogo mas eu garanto que não saía nas ruas de São Francisco nu embora eu talvez até saísse se eu realmente achasse que era necessário, ah saía") e olhei para ela e me perguntei se ela, se ela estava dizendo a verdade. – Ela estava no beco, querendo saber quem ela era, noite, garoa fina neblina, silêncio de São Francisco adormecida, os barcos na baía, o véu sobre a baía de grandes neblinas ávidas, a auréola de luz soturna saindo por entre os pilares do templo de Alcatraz – o coração dela batendo no silêncio, na paz escura e fria. – Sentada numa cerca de madeira, esperando – esperando que alguma idéia de fora viesse ter com ela para dizer o que fazer e cheia de significado e premonição porque tinha de estar certa e só uma vez – "Um escorregão na direção errada...", aquela transa de direção dela, de que lado pular da cerca, o espaço infinito se espalhava nas quatro direções, homens soturnos de chapéu indo para o trabalho em ruas reluzentes indiferentes à moça nua escondida na neblina ou então se eles estivessem lá e a vissem fariam um círculo em volta dela ninguém encostava nela iam esperar a polícia-autoridade vir pegar e levá-la embora e todos aqueles olhares cansados desinteressados vazios de vergonha observando todas as partes do corpo dela – o bebê nu. – Quanto mais ela esperar na cerca menos força ela tem para realmente descer e decidir, e lá em cima Ross Wallenstein nem se mexe naquela cama de muito-doido, pensando nela de cócoras no corredor, ou então já dormiu assim mesmo com toda a pele e os ossos dele. – A noite chuvosa englobando tudo, beijando em toda parte homens mulheres e cidades na mesma onda de poesia triste, com versos de mel de Anjos remotos soprando trombetas além das canções orientais imensas como o Pacífico do Paraíso, um fim de causar medo cá embaixo. – Ela de cócoras na cerca, a garoa escorrendo em gotas nos ombros negros, estrelas nos cabelos, os olhos selvagens agora de índia olhando para a Escuridão negra com uma fumacinha saindo da boca negra, o sofrimento como cristais de gelo nas selas dos cavalos dos ancestrais índios dela, a garoa sobre a aldeia tanto tempo atrás e a tristefumaça saindo da terra e quando uma mãe enlutada amassava avelãs e fazia mingau nos milênios sem esperança – a canção dos caçadores asiáticos pisando o último pedaço de Alasca antes de chegar aos Urros do Novo Mundo (nos olhos deles e nos de Mardou agora o Reino de Incas Maias e imensos Astecas brilhando de cobra de ouro e templos nobres como os gregos, egípcios, os queixos compridos e partidos e narizes chatos de gênios mongóis criando artes em salões de templos e seus queixos saltando para falar, até que os espanhóis de Cortez, os vagabundos holandeses afrescalhados de pantalonas Pizarro cansado do mundo vieram quebrando canaviais pelas savanas para encontrar cidades reluzentes de Olhos Índios, altas, arborizadas, avenidadas, ritualizadas, arautizadas, embandeiradas àquele mesmo Sol do Novo Mundo que o coração pulsante se oferecia nele) – o coração dela batendo na chuva de São Francisco, na cerca, enfrentando fatos finais, pronta para sair correndo agora e voltar e acocorar-se de novo onde ela estava onde tudo estava – consolando-se com a visão da verdade – descendo da cerca, andando na ponta dos pés, encontrando um corredor, tremendo, entrando de fininho –

"Eu tinha tomado uma decisão, tinha construído uma estrutura, era assim, mas eu não posso –." Começando de novo, começando da carne na chuva, "Quem ia querer machucar meu coraçãozinho, minhas mãozinhas, minha pele que me envolve porque Deus quer que eu fique aquecida e Dentro, meus dedos dos pés – por que Deus fez tudo isso tão perecível e morrível e machucável e quer me fazer compreender e gritar – por que esse chão selvagem e corpos nus e fraturas – tremi quando o homem gozou, meu pai gritou, minha mãe sonhou – comecei pequenininha e fui inchando e agora sou grande uma criança nua de novo só para chorar e ter medo. – Ah – se protege, anjo inofensivo, você que nunca fez mal nunca quebrou de outro inocente a casca e fino véu de dor – veste um manto, meu cordeiro – se protege da chuva e espera, até papai voltar e mamãe botar você dentro do vale lunar dela, tecer no tear do tempo paciente, seja feliz nas manhãs". – Começando de novo, tremendo, saindo da noite do beco toda nua só pele e pés de madeira até a porta manchada de alguma vizinha – a mulher vindo abrir a porta em resposta à moça negrinua assustada – ("Aí vem uma mulher, uma alma na minha chuva, olha pra mim, assustada.") – "Batendo na porta duma pessoa que você nem desconfia quem seja, claro." – "Pensando eu estava só descendo a rua indo pra casa da Betty dar um pulo lá, prometi a ela falando muito *sério* que eu ia devolver as roupas e ela me deixou entrar e arranjou um cobertor e me embrulhou nele, depois as roupas, e por sorte ela estava sozinha – uma italiana. – E no beco eu consegui tudo, primeiro as roupas, depois eu ia até a Betty pegar dois dólares – e depois comprar um broche que eu tinha visto numa vitrine, em North Beach, artesanato de ferro sabe, uma lojinha, era o primeiro símbolo que eu ia me dar." – "Claro." – Da chuva inocente para um manto, a inocência coberta, depois a decoração de Deus com doçura religiosa. – "Como naquela vez que eu saí na porrada com Jack Steen não saía da minha cabeça." – "Porrada com Jack Steen?" – "Isso foi antes, todos aqueles drogados no quarto de Ross, fazendo torniquete e se aplicando com o Vapor, você sabe, o Vapor, bem lá eu tirei a roupa também – era... tudo... parte da mesma... loucura..." – "Mas as *roupas*, as *roupas*!" (para mim mesmo). – "Eu fiquei em pé no meio do quarto louquíssima e o Vapor estava dedilhando o violão, só uma corda, e eu cheguei pra ele e disse, 'Cara não fica tocando essas notas imundas pra cima de MIM', e aí ele levantou sem dizer nada e saiu." – E Jack Steen ficou furioso com ela e entrou numa que se ele batesse nela e desacordasse ela com socos ela saía daquela loucura e aí ele foi bater nela mas ela era tão forte quanto ele (anêmico pálido 55kg ascéticos drogados da América), pof, eles se atracaram enquanto os outros cansados assistiam. – Ela já tinha jogado queda de braço com Jack, Julien, praticamente ganhou – "Quer dizer Julien acabou ganhando mas teve que fazer toda força com fúria e me machucar e depois ficou grilado" (barulhinho alegre por entre os dentinhos dentuços) – e aí saiu no pau com Jack Steen e quase o derrubou mas ele ficou furioso e os vizinhos de baixo chamaram a polícia que veio e tiveram que explicar para eles – "a gente estava dançando." – "Mas naquele dia eu tinha visto aquele negocinho, um broche de ferro com um brilho fosco lindo, pra usar pendurado numa corrente, sabe ia ficar lindo no meu peito." – "No seu peito ossudo e negro o ouro fosco ia ficar lindo meu bem, continua a tua história incrível." – "Aí eu imediatamente precisava daquele broche apesar da hora, já eram quatro da manhã, e eu estava com aquele casaco e sapato velho e um vestido velho que ela me deu, eu me sentia como uma puta mas achei que ninguém ia reparar – corri até a casa da Betty pra pegar os dois dólares, acordei ela –." Ela exigiu o dinheiro, estava saindo da morte e o dinheiro era só um meio de obter o broche brilhante (um meio besta inventado pelos inventores do escambo e barganha e o escambau e isso é meu e isso é teu –). Depois ela saiu correndo pela rua com os dois dólares, foi para a loja muito antes de ela abrir, foi na lanchonete tomar café, sentada sozinha curtindo o mundo finalmente, os chapéus sombrios, as calçadas reluzentes, as placas anunciando linguado assado, os reflexos de chuva na vidraça e no espelho da coluna, a beleza dos balcões com comida exibindo frios montanhas de roscas e o cheiro quente de café. – "Como o mundo é quente, é só arranjar essas moedinhas simbólicas – e eles deixam você entrar pra se aquecer e comer até não poder mais – não precisa arrancar a pele e morder os ossos nos becos – esses lugares foram feitos para abrigar e confortar pessoas só sacola e ossos que vêm chorar pra ser consoladas." – Ela sentada lá olhando para todo mundo os tarados de sempre com medo de encará-la porque o olhar dela é louco, eles sentem algum perigo vivo no apocalipse do pescoço tenso ávido daquela moça, naquelas mãos magras e trêmulas. – "Aquilo não é mulher não." – "Essa índia maluca vai matar alguém." – Dia raiando, Mardou caminhando alegre e mentessubmersa, absorta, em direção à loja, para comprar o broche – parando então numa *drugstore* examinando os cartões-postais durante nada menos que duas horas um por um repetidamente detalhadamente porque só lhe restavam dez centavos e só dava para comprar dois e esses dois tinham que ser talismãs íntimos perfeitos do novo significado importante, emblemas de presságios pessoais – seus lábios ávidos murcham ao ver a legendazinha no canto das sombras dos bondes, bairro chinês, lojas de flores, azul, os vendedores sem entender: "Está aqui há duas horas, sem meias, joelhos sujos, olhando pros cartões-postais, alguma mulher de bêbado da Third Street que fugiu de casa, entrou nessa *drugstore* grande de branco, nunca viu um cartão-postal vistoso na vida –." Na noite anterior a teriam visto na Market Street na lanchonete Foster's com a última moeda (de novo) e um copo de leite, chorando em cima do leite, e os homens sempre olhando para ela, sempre tentando ganhá-la mas agora sem fazer nada porque assustados, porque ela era como uma criança – e porque: "Por que o Julien ou o Jack Steen ou o Waltz Fitzpatrick não te arrumaram um lugar pra ficar e te deixaram no seu cantinho sozinha, por que não te emprestaram uns dois dólares?" – "Mas eles não estavam nem aí, eles tinham medo de mim, eles *realmente* não queriam saber de mim, eles tinham uma objetividade distante, me olhavam, me faziam perguntas *escrotas* – mais de uma vez o Julien entrou naquela de 'O que foi, Mardou', e esse tipo de papo e a falsa piedade mas na verdade ele estava só curioso pra saber por que eu estava pirando – dinheiro que é bom nenhum deles nunca me dava, cara." – "Esses sujeitos trataram você muito mal, você não vê?" – "Claro é mas eles nunca tratam ninguém – quer dizer, eles nunca fazem nada – é cada um por si, cada um cuida de si." – "Existencialismo." – "Só que americano é pior existencialismo *hip* de tomador de pico ainda por cima, eu andava com esse pessoal, já fazia quase um ano e cada vez que eles se aplicavam eu pegava uma espécie de carona no barato deles." – Ela ficava com eles, eles apagavam, no silêncio completo ela esperava, sentindo as ondas de vibração lentas como cobras atravessando o quarto, as pálpebras fechando as cabeças caindo e de repente levantando de novo, alguém resmungando alguma queixa desagradável, "Caaara, enchi daquele filha da puta do MacDoud com aquela conversa fiada que não tem dinheiro pra comprar uma ampola, uma mínima ampola, nunca que pode pagar – caaara, eu nunca vi ninguém tão que não tá com nada, poooorra nenhuma, ele tem mais é que *desaparecer*, pô." (Esse "pô" aparece depois de qualquer afirmação comprometedora, e toda afirmação de viciado é comprometedora, *pô*, *aah*, um lamento infantil displicente que é reprimido para não explodir num grande gemido sentimentalão AAA que eles sentem quando a droga faz o organismo voltar para o berço.) – E Mardou sentada, e de repente já tendo queimado um baseado ou tomado uma bola começava a se sentir como se tivesse tomado pico também, andava pela rua piradona e chegava a sentir o contato elétrico com as outras pessoas (percebendo um fato com sua sensibilidade) mas às vezes ficava desconfiada porque era alguém que a estava aplicando escondido e seguindo-a pela rua que era realmente responsável pela sensação elétrica e portanto independente de qualquer lei natural do universo. – "Mas no fundo você não acreditava nisso – mas você acreditava – quando eu pirei com anfeta em 1945 eu realmente entrei numa que a menina queria usar meu corpo pra tocar fogo nele e botar os documentos do namorado dela no meu bolso pra polícia pensar que ele tinha morrido – e eu disse isso pra ela." – "Ah e o que ela fez?" – "Ela virou e disse, 'Aaah fofinho', e me abraçou e tomou conta de mim, a Honey era uma mulher piradíssima, pôs base na minha cara porque eu estava pálido – eu tinha perdido quinze, cinco, dez quilos – mas aí o que aconteceu?" – "Fiquei rodando por aí com meu broche." – Ela entrou numa loja de *souvenirs* e tinha um homem de cadeira de rodas lá. (Entrou numa porta lá dentro tinha gaiolas e canários verdes na vitrine, ela queria pegar nos colares de contas, ver os peixinhos no aquário, fazer carinho no gato gordo pegando sol deitado no chão, entrar na selva verde fresca de periquitos da loja ligada nos olhos verde-até-não-poder-mais dos papagaios girando os pescoços estúpidos e se afundar nas penas loucas e sentir a comunicação explícita do terror de aves os espasmos elétricos de sua atenção, c u r r u p a c o, p a c o, p i u, e o homem era muito estranho.) – "Por quê?" – "Sei lá ele era estranhíssimo, ele queria, ele falava comigo bem explicado e bem insistente – sabe, me olhando bem de frente encarando um tempão mas sorrindo das coisas mais simples mas nós dois sabíamos que tudo que a gente estava dizendo era sério – sabe, a vida – aliás era sobre os túneis, o túnel da Stockton Street e o outro que acabaram de fazer na Broadway, a gente falava mais era desse, mas enquanto a gente falava uma grande corrente elétrica de compreensão verdadeira corria entre nós e eu sentia os outros níveis um número infinito de níveis de toda entonação da fala dele e da minha e o mundo de significados que havia em cada *palavra* – eu nunca tinha percebido antes quanta coisa está *acontecendo* ao mesmo tempo, e as pessoas *sabem* – elas mostram isso nos olhos, elas se *recusam* a mostrar de qualquer outra maneira – fiquei lá um tempão." – "Ele devia ser piradão também." – "Sabe, meio careca, e meio esquisito sabe, meia-idade, com aquela pinta de quem tem a cabeça solta no ar separada do pescoço" (louco, louquíssimo), "olhando pros lados, achque era a mãe dele a velha de cachecol – mas meu deus é tanta coisa que se eu fosse contar eu não acabava mais." – "Pô." – "Já na rua uma velhinha linda cabelo branco chegou perto de mim e me olhou, mas queria uma informação, mas gostava de conversar –." (Na calçada matinal dominical ensolarada agora lírica depois da chuva, Páscoa em São Francisco e todo mundo de chapéu roxo e casaco lavanda desfilando na brisa fresca e as menininhas tão pequenininhas com sapatos brancos e casacos esperançosos subindo devagar as ladeiras brancas, igrejas de velhos sinos funcionando sem parar e no centro perto da Market Street onde nossa santa esfarrapada Joana d'Arc negra perambulava desfiando hosanas com sua pele escura e coração emprestados à noite, resultados de loteria ao vento em jornaleiros nas esquinas, contempladores de revista de mulher nua, flores na esquina em cestas e o velho italiano de avental com seus jornais ajoelhado para molhá-las, e o pai chinês com seu terno apertado extático empurrando bebê em carrinho Powell Street abaixo com sua mulher de bochecha rosada e olhos castanhos faiscantes de chapéu novo tremendo no sol, e lá está Mardou sorrindo estranha e intensamente e a velha excêntrica não percebe mais que ela é negra como aconteceu com o paralítico simpático na loja e por causa do rosto aberto dela agora, os indícios evidentes de um espírito confuso puro inocente recém-saído de um buraco na terra esburacada que com suas próprias mãos feridas se puxou para fora e se salvou, as duas mulheres Mardou e a velha nas ruas incrivelmente tristes vazias do domingo após a animação da noite de sábado as grandes luzes da Market Street de alto a baixo como ouro em pó e o pulsar do neon na esquina de O'Farrell e Mason bares com copo de martini de neon piscando convite para corações famintos de sábado para tudo terminar no vazio tristonho da manhã de domingo só alguns jornais esvoaçantes na sarjeta e a vista enevoada e distante de Oakland do outro lado da baía ainda assombrada de sábado – calçadas pascais de São Francisco enquanto navios brancos com contornos nítidos azuis vindos de Sasebo passam por baixo da ponte Golden Gate, o vento que agita todas as folhas do condado de Marin aqui com o brilho lavado da cidade branca bondosa, na perdida pureza das nuvens no alto acima da estrada de ferro de tijolo vermelho e o cais de Embarcadero, um pedaço perdido de canção dos velhos índios pomos antigos únicos habitantes destes últimos onze morros americanos agora cobertos de casas brancas, o rosto do pai de Mardou agora quando ela levanta o rosto para respirar para falar nas ruas da vida se materializando imensa sobre a América, desaparecendo –.) "E aí eu virei e falei com ela e aí quando ela foi embora me deu uma flor e prendeu na minha roupa e me chamou de querida." – "Ela era branca?" – "Era, sabe, muito afetuosa, muito boazinha parecia me adorar – sabe, me salvar, me tirar – subi uma ladeira, passei pela California Street pelo bairro chinês, sei lá, cheguei numa garagem branca sabe com um muro grande de garagem e um cara sentado numa cadeira giratória perguntou o que eu queria, eu entendia cada coisa que eu fazia como uma série de obrigações para me comunicar com quem estava na minha frente não por acaso e sim por alguma *combinação* prévia, comunicar e informar sobre essa vibração e novo significado que eu tinha, sobre tudo que estava acontecendo com todo o mundo o tempo todo em toda parte e pra eles não se preocuparem não, ninguém é tão mau quanto você pensa – um homem de cor, sentado na cadeira giratória, e a gente teve uma conversa comprida confusa e ele hesitava, eu me lembro, em olhar nos meus olhos e realmente ouvir o que eu estava dizendo." – "Mas o que você estava dizendo?" – "Mas já esqueci tudo – uma coisa tão simples sabe assim como quem diria aqueles túneis ou a velha e eu falando sobre ruas e itinerários – mas o cara queria me comer, eu vi ele abrir o fechecler mas de repente ele ficou com vergonha, eu virei e vi no espelho." (Nos planos brancos da parede da garagem matinal, o homem fantasma e a moça viraram olhando na janela que não apenas refletia o negro estranho envergonhado olhando secretamente mas também todo o escritório, a cadeira, o cofre, o frio interior concreto da garagem e carros com brilho mortiço, aparecendo também grãos de poeira da chuva da noite passada e através do vidro do outro lado da rua a imortal varanda de madeira da cabeça-de-porco onde de repente ela viu três crianças negras vestidas com roupas estranhas fazendo sinal mas sem gritar para um negro quatro andares abaixo de macacão e portanto aparentemente trabalhando em plena Páscoa, também fazendo sinal enquanto andava numa direção estranha que de repente cruzava com a lenta direção em que seguiam dois homens, dois homens comuns de chapéu e casaco mas um carregando uma garrafa e o outro carregando um garoto duns três anos, parando de vez em quando para levantar a garrafa de vinho, Four Star California Sherry, e beber enquanto o vento matinal de São Francisco sacudia seus trágicos sobretudos, o garoto berrando, as sombras dos homens na rua como sombras de gaivotas da cor de charutos italianos feitos a mão em lojas fundas escuras perto da esquina de Columbus com Pacific, agora passa um Cadillac rabo-de-peixe em segunda rumo às casas do alto do morro com vista para a baía e alguma visita perfumada de parentes trazendo a seção de quadrinhos do jornal, notícias de tias velhas, balas para algum garotinho triste esperando o domingo acabar, o sol parar de entrar por entre as persianas e ofuscar as plantas nos vasos e torcendo por chuva e segunda-feira outra vez e a felicidade do beco com cerca de madeira onde na véspera a pobre Mardou quase se perdeu.) – "E o sujeito de cor, o que ele fez?"–"Fechou a braguilha, não queria olhar pra mim, virou de costas, foi tão esquisito ele ficou envergonhado e sentou – me lembrei também quando eu era garota em Oakland e tinha um cara que mandava a gente pra loja e dava moedinhas pra gente e aí ele abria o roupão de banho e estava nu por baixo." – "Negro?" – "É, no bairro onde eu morava – me lembro que eu nunca ficava mas a minha amiga ficava e eu acho até que uma vez ela fez alguma coisa com ele." – "Mas o que que você fez com o cara da cadeira giratória?" – "Sei lá, achque eu saí dali e era um dia lindo, cara, Páscoa." – "Meu Deus, Páscoa, onde é que eu estava?" – "O sol gostoso, as flores e eu descendo a rua e pensando 'Como que eu me permitia ficar entediada antigamente e pra compensar ficava muito louca ou de porre ou com acesso de raiva ou qualquer outra maneira de reagir quando se quer alguma coisa em vez da compreensão das coisas que existem, que afinal de contas são tantas, e ficar pensando em lances sociais grilantes, – sabe, esses lances – grilos – sabe, problemas sociais e meu problema racial, um negócio tão sem importância e eu senti que aquela grande confiança e o ouro da manhã iam desaparecer um dia aliás já estava começando – eu podia ter transformado toda a minha vida fazer ficar igual àquela manhã só com a pura compreensão e vontade de viver e seguir em frente, meu Deus foi o negócio mais bonito que já aconteceu comigo do jeito que foi – mas foi uma coisa tão sinistra." – Terminou quando ela voltou para a casa das irmãs dela em Oakland e elas ficaram furiosas com ela mas ela nem se tocou e fez coisas estranhas; reparou por exemplo na fiação complicada que a irmã mais velha dela tinha feito para ligar a TV e o rádio na cozinha no segundo andar do casebre de madeira perto da esquina de Seventh com Pine Street a madeira com fuligem ferroviária e varandas com gárgulas favela de madeira e angu, quintal só pedregulho e madeira queimada onde os vagabundos acamparam na véspera antes de atravessar o pátio do frigorífico em frente em direção à estrada de ferro com destino a Tracy atravessando a imensa infinda impossível Oakland-Brooklyn cheia de postes da telefônica e merda e nas noites de sábado os bares doidos de negros cheios de putas e os mexicanos berrando nos botecos deles e o carro de polícia descendo devagar a avenida longa e triste cheia de bêbados e o brilho de garrafas quebradas (agora na casa de madeira onde ela foi criada no terror Mardou de cócoras encostada na parede olhando para os fios na penumbra e ela ouve a própria voz falando e não entende por que está falando aquilo só sabe que é preciso falar, botar para fora, porque antes naquele dia quando em suas perambulações ela finalmente chegou à Third Street entre as filas de bêbados cambaleantes e os índios completamente de porre com curativos caindo nos becos e o cinema poeira com programa triplo e as criancinhas dos hotéis vagabundos correndo na calçada e as lojas de penhores e os botequins de negros com vitrolas e ela parada no sol sonolento de repente ouvindo *bop* como se pela primeira vez, a intenção dos músicos e os metais e instrumentos de repente uma unidade mística se exprimindo em ondas sinistras e de novo eletricidade porém gritando cheia de vida palpável a *palavra* direta vinda da vibração, as trocas de afirmações, os níveis de insinuações sinuosas, o sorriso sonoro, a mesma insinuação viva do modo como a irmã dela instalara aqueles fios enrolados enredados e cheios de intenções, aparentemente inocentes mas na verdade por trás da máscara da vida cotidiana completamente em acordo com a boca sentimental serpentes quase sarcásticas de eletricidade colocadas ali de propósito que ela passara o dia todo vendo e ouvindo na música e via agora nos fios), "O que você está tentando fazer, me eletrocutar?" aí as irmãs viram que realmente havia algum problema sério, pior que a mais nova das irmãs Fox que era alcoólatra e aprontava na rua e volta e meia era presa pela delegacia de entorpecentes, algum problema inominável terrível *medonho*.

"Ela queima fumo, e vive às voltas com aqueles caras estranhíssimos barbudos em São Francisco." – Chamaram a polícia e Mardou foi levada para o hospital – percebendo agora, "Meu Deus, vi como era terrível o que estava acontecendo e ia acontecer comigo e aí cara resolvi sair daquela rapidinho, e conversei muito sensata com todo mundo e fiz tudo direitinho, me deixaram sair em 48 horas – as outras mulheres estavam comigo, a gente olhava pela janela e as coisas que elas me diziam, eu percebi como era precioso estar sem aquela camisola estranha, *fora* dali na rua, no sol, a gente via os navios, lá fora LIVRE pra andar pra qualquer lado, como isso é maravilhoso e a gente nunca vê isso por causa das nossas preocupaçõezinhas, somos uns *bobalhões*, como essas crianças mimadas cegas detestáveis emburradas só porque... não dão... pra elas... todas... as balas... que elas querem, e aí eu falei pros médicos –." "E você não tinha onde ficar, e as tuas roupas onde é que estavam?" – "Espalhadas por toda North Beach – eu tinha que fazer alguma coisa – aí eles deixaram eu ficar lá, uns amigos meus, passar o verão, vou ter que sair em outubro." – "Lá na Heavenly Lane?" – "É." – "Amor vamos eu e você – você está a fim de ir pro México comigo?" – "Claro!" – "Se eu for pro México? quer dizer, se eu arranjar a grana? se bem que eu tenho uns cento e oitenta dólares agora e no duro a gente podia ir até amanhã – que nem índios – quer dizer, baratinho e ficando no interior ou nas favelas." – "É – seria tão bom fugir de tudo agora." – "Mas a gente podia aliás devia esperar até eu arrumar – eu estou pra receber quinhentos sabe – e –" (e nesse momento eu ia fazê-la entrar no coração da minha vida) – ela dizendo "sabe eu não quero mais andar com essa turma de North Beach, cara, por isso que – eu falei ou concordei assim na mesma hora, agora você já está meio na dúvida" (rindo porque eu estava pensando).

– "Mas eu estou só pensando nos problemas práticos." – "É, mas se eu dissesse só 'pode ser' eu garanto que – aaaah tudo bem", me beijando – o dia cinzento, a lâmpada vermelha acesa, eu nunca tinha ouvido uma história assim de alguém como ela só dos grandes homens que eu conheci na juventude, grandes heróis americanos que eram amigões meus, com quem eu me meti em aventuras e fui parar na cadeia e conheci em manhãs esfarrapadas, os garotos batiam no meio-fio vendo símbolos na sarjeta transbordante, os Rimbauds e Verlaines da América em Times Square, garotos – nenhuma menina jamais me havia comovido com uma história de sofrimento espiritual a alma dela transparecendo tão lindamente radiante como um anjo perambulando no inferno e o inferno eram as mesmas ruas que eu perambulava procurando, procurando alguém como ela sem nunca imaginar a escuridão e o mistério e eventualidade de nosso encontro na eternidade, a imensidão do rosto dela agora como um cartaz pregado numa cerca de madeira nos terrenos baldios de lixo fumegantes em manhãs de sábado sem escola, direto, lindo, louco, na chuva. – Nos abraçamos, apertamos com força – agora era como amor, fiquei maravilhado – transamos na sala, felizes, nas cadeiras, na cama, dormimos enrodilhados, satisfeitos – eu ia mostrar mais sexualidade a ela –

Acordamos tarde, ela não tinha ido ao psicanalista, ela havia passado o dia "à-toa" e quando Adam chegou em casa e nos viu sentados de novo ainda conversando com a casa toda bagunçada (xícaras de café, farelos do bolo que eu havia comprado na trágica Broadway na italianidade cinzenta que era tão parecida com a indianidade perdida de Mardou, trágica São Francisco-América com suas cercas cinzentas, calçadas sombrias, portas úmidas, eu que era do interior recém-chegado da ensolarada Flórida achava aquilo tão assustador). – "Mardou, você perdeu a consulta com o terapeuta, pô Leo você não tem vergonha não se sente meio responsável, afinal –" "Você quer dizer que eu fiz ela faltar às obrigações dela... eu sempre fiz isso com todas as minhas garotas... ah vai ser bom pra ela não ir ao analista" (sem saber o quanto ela precisava). – Adam quase brincando mas também muito sério, "Mardou você tem que escrever uma carta ou telefonar pra ele – por quê que você não liga agora mesmo?" – "Não é ele não, é ela, é lá na cidade." – "Então liga pra ela, toma uma moeda." – "Mas eu posso ligar amanhã, agora está tarde." – "Tarde por quê – não, mas essa tua hoje foi demais, e você também Leo você também tem culpa seu vigarista." E depois um jantar animado, duas moças de fora (louco cinzento mundo exterior) vieram também, uma acabando de chegar de carro de Nova York com Buddy Pond, tremenda *hipster* de Los Angeles cabelo cortado rentinho que imediatamente entrou na cozinha suja e preparou para todo mundo um jantar delicioso de sopa de feijão preto (todos os ingredientes enlatados) e mais umas coisas enquanto a outra garota, a garota de Adam, ficou de conversa fiada no telefone e Mardou e eu ficamos com sentimento de culpa, sentados obscuros na cozinha bebendo cerveja choca e pensando será que Adam tinha razão, era importante fazer o que se tinha que fazer e cuidar da cabeça, mas tendo contado nossas histórias, nosso amor estando solidificado, e alguma coisa triste tendo surgido nos nossos olhos – a noite prosseguiu com o jantar animado, nós cinco, a garota de cabelo curto disse depois que eu era tão lindo que ela nem podia olhar (que depois eu descobri que era uma expressão nova-iorquina dela e de Buddy Pond), "lindo" tão extraordinário para mim, tão incrível, mas deve ter impressionado Mardou, que aliás durante o jantar ficou com ciúme das atenções da garota comigo e depois me disse isso – eu numa posição tão aérea, tão segura – depois saímos todos no carro conversível importado dela, pelas ruas de São Francisco agora menos cinzentas já limpando com vermelhos macios e quentes rasgando no céu entre os prédios Mardou e eu no banco de trás aberto curtindo as sombras macias, comentando, mãos dadas – eles na frente como jovens parisienses alegres do *jet-set* rodando pela cidade, a garota de cabelo curto dirigindo muito séria, Adam mostrando e apontando tudo – indo visitar um cara em Russian Hill (fazendo as malas para pegar o trem para Nova York e depois o navio para Paris) onde cervejamos, papeamos, depois a pé com Buddy Pond visitar um amigo literato de Adam, Aylward Não-seidasquantas, famoso pelos diálogos publicados na *Current Review*, dono de uma biblioteca magnífica, depois ali perto visitar o (segundo eu disse a Aylward) cara mais espirituoso do país, Charles Bernard, que tinha gim, e uma bicha velha grisalha, e outras pessoas, e mais outras festinhas do gênero, terminando altas madrugadas, quando então fiz minha primeira bobagem na minha vida e amor com Mardou, me recusando a voltar com todo mundo às 3 da manhã, insistindo, embora convidado por Charles, em ficar até o sol raiar examinando as fotos pornográficas (homossexuais masculinas) dele ouvindo discos de Marlene Dietrich, com Aylward – os outros indo embora, Mardou cansada e tinha bebido demais me olhando humilde sem reclamar e vendo como eu era, um bêbado na verdade, sempre ficando até tarde demais, filando comida e bebida na casa dos outros, berrando, maior bobeira – mas já me amando tanto que não reclamava e com seus pezinhos negros nus na sandália andando passos macios atrás de mim na cozinha enquanto preparávamos drinques e mesmo quando Bernard cisma que uma foto pornográfica foi roubada por ela (como ela está no banheiro e ele está me falando confidencialmente, "Meu querido, eu vi ela pegar e botar no bolso, da calça quer dizer da blusa") de modo que quando ela sai do banheiro ela capta alguma coisa no ar, as bichas a rondá-la, o bêbado maluco que está com ela, ela não reclama – a primeira de uma longa série de humilhações impostas a ela, não à capacidade de sofrimento dela mas a ela gratuitamente às pequenas dignidades femininas dela. – Ah eu não devia ter feito aquilo, estupidez, a longa lista de festas e biritadas e vezes que eu apaguei e as vezes que eu a abandonei sem mais nem menos, que culminaram com a vez que nós dois no táxi ela insistindo para que eu a levasse em casa (para dormir) que eu posso ir sozinho encontrar com Sam (no bar) mas eu saio correndo do táxi, feito louco ("nunca vi uma coisa tão maluca"), salto para dentro de outro táxi e me mando, e a deixo sozinha na noite – de modo que quando Yuri bate na porta na noite seguinte e eu não estou lá, e ele está bêbado e insiste, e salta em cima dela como vinha fazendo há algum tempo, ela não oferece resistência, nenhuma resistência – desiste – saltando um pedaço da minha história, adiantando e dizendo o nome do meu inimigo logo de uma vez – a dor, por que motivo aquela "doce investida de aríete de seu amor" que na verdade não tem nada a ver comigo, foi como um punhal na minha garganta?

Assim, voltando a pé da noitada, na Heavenly Lane, novamente tenho o pesadelo de cerveja (dessa vez um pouco de gim também) e com remorso e novamente e dessa vez sem razão repulsa as partículas fofas de enchimento do travesseiro nos cabelos dela pretos duros, bochechas inchadas e labiozinhos inchados, a escuridão e umidade da Heavenly Lane, e mais uma vez "tenho que ir pra casa, endireitar" – como se com ela eu estivesse sempre torto – nunca longe de meu quimérico gabinete de trabalho e casa confortável, no mundo cinzento e hostil da cidade-mundo, em estado de BEM-ESTAR –. "Mas por que você sempre entra numa de sair tão depressa?" – "Achque é um sentimento de bem-estar em casa, que eu preciso, pra me endireitar, não é –." "Eu sei amor – mas eu, eu sinto uma saudade de você ciúme de você ter casa e mãe que passa suas roupas e tudo mais e eu não tenho –." "Quando que eu volto, sexta à noite?" – "Mas amor isso é você que sabe – quando vem." – "Mas me diz o que VOCÊ quer." – "Mas isso eu não posso." – "Mas como não pode?" – "É assim sabe dizem – que – ah, sei lá" (suspirando, se virando na cama, escondendo enterrando seu corpinho de uva, aí eu vou, viro-a para mim, sento na cama, beijo a linha reta que vai desde o esterno, uma depressão ali, direito até o umbigo onde se transforma numa linha infinitesimal e segue em frente como se traçada com régua e daí submerge mas continua direto, e por que o homem precisa depender da história e do pensamento para seu bem-estar quando ela mesma disse que ela tem a essência, mas enfim). – O peso da minha necessidade de ir para casa, meus medos neuróticos, grilos, horrores – "Eu não devia – a gente não devia ter ido na casa de Bernard ontem à noite – pelo menos a gente devia ter voltado às três com os outros." – "Foi o que eu disse – amor – mas meu Deus" (rindo com aquele barulhinho e fazendo imitação gozada de voz pastosa) "voxê nunca fax o que eu te pexo." – "Ah desculpe – eu te amo – você me ama?" – "Cara", rindo, "o que que você quer dizer com *isso*" – me olhando desconfiada – "Eu quero saber se você sente afeto por mim" apesar de que nesse exato momento ela está botando seu braço escuro sobre meu pescoço grosso e tenso. – "É claro meu querido." – "Mas o que é quê –?" Quero perguntar tudo, não consigo, não sei, qual é o mistério que eu quero de você, o que é homem o que é mulher, amor, o que eu entendo por amor por que eu tenho de insistir e perguntar e por que eu abandono você porque nesse apartamentozinho miserável – "É o lugar que me deprime – em casa eu sento no quintal, debaixo das árvores, dou comida pro meu gato." – "Ah bicho eu sei que está abafado aqui dentro – quer que eu abra a persiana?" – "Não todo mundo vai ver você – tomara que o verão acabe logo – quando eu pegar aquela grana e aí a gente vai pro México." – "Bem mas aí por que que a gente não vai com o que você disse que você tem agora, você diz que dá." – "É claro! É claro!", uma idéia que ganha força na minha cabeça enquanto tomo uns goles de cerveja choca e imagino uma cabana de pau-a-pique perto por exemplo de Texcoco cinco dólares por mês e nós indo ao mercado no orvalho da manhã ela com seus doces pezinhos negros de sandália andando com seu passo macio de esposa do gênero Rute atrás de mim, chegamos, compramos laranjas, pão, até mesmo vinho, vinho mexicano, vamos para casa cozinhamos direitinho no nosso fogãozinho, depois tomamos café escrevendo e analisando nossos sonhos, fazemos amor na nossa cama. – Agora Mardou e eu estamos sentados aqui falando sobre tudo isso, sonhando acordados, uma tremenda fantasia – "Olha bicho", os dentinhos rindo dentuçamente, "QUANDO a gente fizer isso tudo – sabe todo o nosso relacionamento até agora foi só uma piração, tanta indecisão e planos – meu Deus." – "Talvez seja melhor a gente esperar até pintar o dinheiro dos direitos autorais – pô! é mesmo! vai ser melhor, porque aí a gente pode comprar uma máquina de escrever e uma vitrola com três velocidades e discos de Gerry Mulligan e roupas pra você e tudo que a gente precisa, que do jeito que a gente está agora a gente não pode fazer nada." – "É – sei lá" (ruminando). "Cara você sabe que eu não me amarro nessas transas de pobreza braba" – (afirmações de profundidade hip tão súbita que eu fico puto e vou para casa e fico ruminando sobre isso vários dias). "Quando você volta?" – "Está bem, então quinta-feira." – "Mas se você quer mesmo vir na sexta – eu não quero atrapalhar o teu trabalho, amor – sei lá vai-ver você prefere pegar de enfiada mais tempo." – "Depois do que você – ah eu te amo – amo –." Tiro a roupa e fico mais umas três horas, e saio com sentimento de culpa porque o bem-estar, a sensação de estar fazendo o que eu devia foi sacrificada, mas embora sacrificada por um amor saudável, algo está doente em mim, perdido, medos – percebo também que não dei um tostão para Mardou, nem sequer literalmente uma fatia de pão, só conversa, abraços, beijos, saio da casa e o cheque de auxílio-desemprego dela ainda não chegou e ela não tem nada para comer – "O que que você vai comer?" – "Ah tem umas latas – ou então eu vou até o Adam não sei mas eu não quero viver indo lá – achque agora ele está ressentido comigo, a sua amizade foi, eu prejudiquei aquela coisa que havia entre –." "Não nada disso." – "Mas é outra coisa – eu não quero sair, quero ficar em casa, não quero ver ninguém." – "Nem eu?" – "Nem você, às vezes meu Deus eu sinto isso." – "Ah Mardou eu estou tão confuso – não consigo me decidir – a gente devia fazer alguma coisa juntos – já sei, vou arranjar um emprego na rede ferroviária e aí a gente vai morar junto –" essa é a grande idéia nova.

(E Charles Bernard, a grandeza do nome na cosmogonia do meu cérebro, herói do passado proustiano da transa toda tal como eu a vi, da parte estritamente São Francisco dessa trama, Charles Bernard que havia sido amante de Jane, da Jane que levou um tiro de Frank, Jane com quem eu tinha vivido, melhor amiga de Marie, as noites frias chuvosas de inverno quando Charles atravessava o campus dizendo alguma coisa gozada, as grandes epopéias tão próximas tão fantasmas e desinteressantes quase inacreditáveis mas a verdadeira posição e importância não apenas de Charles mas de uma dúzia de outros na estante da minha mente, de modo que Mardou vista desse ângulo é um corpinho escuro numa cama cinzenta nos cortiços de Telegraph Hill, imensa figura na história da noite sim mas ah apenas uma entre tantas outras, a assexualidade da OBRA – também o súbito êxtase de cerveja quando visões de grandes palavras em ordem rítmica tudo num único livro arcanjo avassalam meu cérebro, aí eu fico deitado no escuro vendo ouvindo também o jargão dos mundos futuros – damajehe eleout ekeke dhdkdk dldoud, – d, ekeoeu dhdhdkehgyt – melhor não um mais que lther ehe o macmurphy daquele djardint que cujo estranhamente hás de mdodudltkdip – baseeaatra – exemplos fracos devido às necessidades mecânicas da datilografia, do fluxo dos sons fluviais, palavras, escuridão, levando ao futuro e atestando a loucura, o vazio, as sirenes e explosões de minha mente que abençoada ou desabençoada é nela que cantam as árvores – num vento esquisito bem-estar acredita que ele vai para o céu – para bom entendedor meia palavra basta "Esperto demais Pirou", escreveu Allen Ginsberg.)

Razão pela qual não fui para casa às três da manhã – e exemplo.

2

De início eu ficava na dúvida, porque ela era negra, porque ela era desleixada (sempre deixando tudo para amanhã, o quarto sujo, os lençóis nunca lavados – meu Deus mas que importância têm para mim os lençóis) – na dúvida porque eu sabia que ela havia pirado brabo uma vez e podia muito bem pirar de novo e uma das primeiras coisas que nós fizemos, numa das primeiras noites, ela estava entrando no banheiro nua no corredor abandonado mas a porta do apartamento dela fazia um barulho esquisito e eu entrei numa (doido de fumo) que alguém tinha chegado e estava parado na escada (sei lá um tal de Gonzalez vagabundo mexicano tipo penetra meio afrescalhado que vivia pintando na casa dela evocando uma velha amizade entre ela e um tal de Tracy Pachucos para pedir uns sete centavozinhos a ela ou então dois cigarros e sempre quando ela estava mais dura, às vezes levava mesmo cascos de cerveja para ficar com o dinheiro), pensando que podia ser ele, ou um dos subterrâneos, no corredor perguntando "Tem alguém com você", e ela nua, tranqüila, como naquela vez no beco dizendo, "Não cara, melhor você voltar amanhã estou ocupada não estou sozinha", isso tudo fantasia de fumo minha, porque o ranger da porta era um gemido de vozes, e aí quando ela voltou do banheiro eu contei tudo a ela (achando que honestidade sempre) (e acreditando que tinha acontecido mesmo, quase, e ainda acreditando que ela ainda estava pirada, como na cerca no beco) mas quando ela ouviu minha confissão ela disse que estava quase pirando de novo e tinha medo de mim e quase que se levantou e saiu correndo – por motivos como esse, loucura, a possibilidade sempre presente de mais loucuras, eu ficava na "dúvida" minhas dúvidas masculinas interiores sobre ela, aí eu pensava, "Numa dessas eu me mando e arrumo outra garota, branca, coxas brancas, etc., e tudo isso foi apenas um grande caso na minha vida e espero que ela não saia muito machucada." – Ha! – dúvidas porque ela cozinhava mal e nunca lavava os pratos logo em seguida, o que de início eu não gostava e depois percebi que na verdade ela não cozinhava mal não e lavava os pratos sim um tempo depois e aos seis anos de idade (ela me contou depois) ela era obrigada a lavar pratos para a família do tio dela um tirano e ainda por cima era obrigada a sair no beco na noite escura carregando lixo toda noite à mesma hora onde ela tinha certeza o mesmo fantasma esperava por ela – dúvidas, dúvidas – que agora não tenho mais tendo a vantagem do tempo-passado. – Que beleza saber agora que eu a quero para sempre no meu peito meu prêmio minha mulher que eu defenderia de todos os Yuris e quem mais fosse à força e por todos os meios, chegou a vez dela proclamar a independência, anunciando, ontem mesmo antes de eu começar esse livro de lágrimas, "quero ser uma garota independente com grana e fazer o que eu quiser". – "É, e conhecendo e trepando com todo mundo, Pé-errante", penso eu, errante de onde nós estávamos quando – parei no ponto de ônibus no vento frio e tinha um monte de homens e em vez de ficar a meu lado ela foi andando com a capa de chuva vermelha gozada dela e as calças pretas e entrou numa sapataria (FAZ SEMPRE O QUE VOCÊ TÁ A FIM COISA QUE EU MAIS GOSTO NO MUNDO É UM CARA FAZENDO O QUE TÁ A FIM, é o que Leroy sempre dizia) aí eu vou atrás dela relutante pensando, "Pô essa menina não pára nunca que saco vou arrumar outra garota" (enfraquecendo neste ponto como o leitor já percebeu pelo meu tom) mas depois descobri que ela sabia que eu estava só de camisa sem camiseta por baixo e eu devia ficar onde não estivesse ventando, me dizendo depois, saber que ela não estava mais nessa de conversar nua com ninguém no corredor e que não era pé-errante só porque me levava para esperar num lugar onde não estava tão frio, que isso era tudo loucura minha, ainda assim não causando a menor impressão em meu cérebro ansioso impressionável sempre pronto para construir criar destruir morrer – como veremos na grande estrutura de ciúme que eu depois com base num sonho e por motivos de autodestruição recriei... Aturai-me ó leitores que amaram e sofreram pontadas, aturai-me homens que compreendem que o mar de negror nos olhos negros de uma mulher é o próprio mar solitário e quem pediria ao mar que se explicasse, ou perguntaria à mulher por que cruzas tuas mãos no colo sobre rosa? ninguém –

Dúvidas, portanto, sobre, bem, Mardou é preta, naturalmente não apenas minha mãe mas minha irmã com quem talvez eu tenha de morar algum dia e o marido dela sulista e todo mundo envolvido, ficariam griladíssimos e não iam querer ter nada a ver conosco – e excluiria completamente a possibilidade de viver no sul, como naquele casarão faulkneriano no velho Vovô Luar que eu imaginava para mim há tanto tempo e lá estou eu com o Doutor Whitley abrindo a tampa da minha secretária e brindamos os grandes livros e lá fora as teias de aranha nos pinheiros e as mulas velhas caminham em estradas macias, o que diriam se minha senhora na mansão fosse uma índia negra, cortaria minha vida ao meio, e todos esses americanos horríveis como se para dizer pensamentos ambiciosos brancos devaneios brancos. – Dúvidas aos montes também sobre o próprio corpo dela, e isso também gozado realmente tranqüilizante agora para o amor dela tão surpreendente eu mesmo não acreditava, eu o vira na luz uma noite divertida então eu – caminhando pela Fillmore Street ela insistiu que a gente confessasse tudo que estávamos escondendo um do outro durante aquela primeira semana do nosso relacionamento, para ver e compreender e eu fiz minha primeira confissão, gaguejando, "Eu achei que estava vendo uma coisa preta que eu nunca tinha visto antes, pendurada, sei lá me assustou" (rindo) – deve ter sido uma punhalada no coração dela ouvir aquilo, para mim era uma espécie de choque ela estar do meu lado enquanto caminhávamos e eu contava esse pensamento secreto – mas depois em casa com a luz acesa nós dois feito crianças examinamos aquele corpo e não tinha nada de pernicioso nem líquidos estranhos só um negrume azulado como em todos os tipos de mulher e eu me senti realmente tranqüilizado de realizar esse exame e estudo com ela – mas sendo essa uma dúvida que, uma vez confessada, fez com que ela gostasse ainda mais de mim e percebesse que eu nunca feito cobra esconderia dela o mais – mas não é preciso defender, eu não tenho mais a menor condição de compreender quem sou ou o que sou, meu amor por Mardou me separou completamente de toda e qualquer fantasia anterior, valiosa ou não – Assim o que impedia que essas dúvidas repentinas dominassem meus atos em relação a ela era eu saber que não apenas ela era sexy e um amor e boa para mim e que eu estava causando uma tremenda impressão em North Beach por estar com ela (e de certo modo também esnobando os subterrâneos que estavam ficando cada vez mais frios em relação a mim no Dante's e na rua por motivos naturais ou seja eu tinha ficado com a queridinha deles que era na verdade uma das garotas mais brilhantes senão a mais de todas da órbita deles) – e Adam dizia também "Vocês ficam bem juntos e é bom pra você", ele naquela época sendo ainda meu administrador artístico e paterno – não apenas isso como também, difícil confessar, para você ver como se torna abstrata a vida na cidade da Classe Conversadora da qual todos nós fazemos parte, a Classe Conversadora acho eu tentando racionalizar um materialismo no fundo abjeto quase libidinoso lascivo – foi a leitura, a súbita feliz maravilhosa iluminada descoberta de Wilheim Reich, seu livro *A função do orgasmo*, clareza como eu há muito não via, talvez desde a clareza da tristeza moderna pessoal de Céline, ou talvez a clareza mental de Carmody em 1945 quando pela primeira vez sentei-me a seus pés, a clareza da poesia de Wolfe (aos dezenove anos era clareza para mim), só que agora era uma clareza científica, germânica, linda, verdadeira – uma coisa que eu já sabia desde sempre e até intimamente ligada à minha súbita sacação em 1948 de que a única coisa realmente importante era o amor, os amantes andando para cá e para lá debaixo das árvores na Floresta de Arden do mundo, aqui ampliada e ao mesmo tempo microcosmada e apontada e machificada: orgasmo – os reflexos do orgasmo – impossível ser saudável sem sexo amor e orgasmo normais – não vou entrar na teoria de Reich já que quem quiser é só ler o livro – mas ao mesmo tempo Mardou vivia dizendo "Ah não me entra numa de Reich na cama, eu li a porra do livro dele, eu não quero que o nosso relacionamento fique cheio de explicações e acabe se f...endo por causa do que ELE falou (e eu já tinha reparado que todos os subterrâneos e praticamente todos os intelectuais que eu conhecia por algum motivo estranho acabam sempre pichando Reich depois de algum tempo, se não desde o início – além disso, Mardou não conseguia ter orgasmo numa cópula normal mas só depois quando eu a estimulava (um velho truque que eu tinha aprendido com uma esposa frígida) de modo que não era nenhum grande ato de bondade da minha parte fazê-la gozar mas como ela só ontem mesmo finalmente disse "Você está fazendo isso só pra eu ter o prazer de gozar, você é tão legal", afirmação essa que de repente foi um negócio difícil de nós dois acreditarmos e veio logo depois de outra afirmação dela "Achque a gente devia se separar, a gente nunca faz nada juntos, e eu quero ser indep –" e assim eu tinha dúvidas em relação a Mardou, eu o grande Finn Macpossipy tomá-la como legítima esposa aqui ou lá ou seja onde fosse com todas as objeções da minha família, especialmente minha querida mas na verdade tirânica (devido à minha maneira subjetiva de encará-la e da sua influência) mãe e seu domínio sobre mim – domínio ou lá o que seja. – "Leo, eu acho que não é legal pra você viver sempre com a tua mãe", Mardou, afirmativa essa que, na minha fase inicial confiante só teve o efeito de me fazer pensar, "Bem, é natural, ele está com ciúme, só isso, e é uma dessas pessoas modernas que fizeram análise e detestam mães em geral" – mas disse em voz alta, "Mas eu realmente gosto muito dela e gosto muito de você também e você não vê como eu me esforço pra dividir meu tempo entre vocês duas – lá eu escrevo, é meu bem-estar e quando ela chega em casa do trabalho à noite, cansada, da loja, pra você ver, eu curto tanto preparar o jantar dela, estar com tudo pronto mais um martini quando ela chega pra que por volta das oito os pratos já estejam lavados, você entende, e aí ela tem mais tempo de ver a televisão dela – que aliás eu trabalhei seis meses na estrada de ferro pra comprar pra ela, você entende." – "Está certo você fez muito por ela", e Adam Moorad (que minha mãe considerava um sujeito louco e mau) também disse uma vez "Você realmente já fez muito por ela, Leo, agora esquece ela um pouco, você tem que viver a sua vida", o que é exatamente o que minha mãe vivia me dizendo na escuridão da noite de South San Francisco quando a gente descansava com Tom Collinses ao luar e os vizinhos vinham também ficar conosco, "Você tem sua vida pra viver, eu não vou me meter, Ti Leo, em nada que você queria fazer, você é que decide, e o que você resolver está muito bem", e eu parado ouvindo bobo percebendo que sou eu pra tudo, uma tremenda fantasia que no fundo minha mãe precisa de mim e morreria se eu não estivesse com ela, e ao mesmo tempo e não obstante cheio de outras racionalizações que me permitiam sumir duas ou três vezes por ano e fazer as maiores viagens até o México ou Nova York ou Canal do Panamá de navio – Milhões de dúvidas sobre Mardou, agora desaparecidas, agora (e mesmo sem a ajuda de Reich que mostra que a vida é só o homem entrando na mulher e a esfregação dos dois macia – aquela essência, aquela essência tóóóiiimmm uma coisa que me faz pirar tanto que eu quase chego a gritar, EU TAMBÉM TENHO A MINHA ESSÊNCIA E ESSA ESSÊNCIA É RECONHECIMENTO MENTAL –) agora sem nenhuma dúvida. Mesmo, mil vezes, eu sem lembrar perguntei a ela se ela tinha mesmo roubado aquela foto pornográfica de Bernard e da última vez finalmente ela explodiu "Mas quantas vezes eu já falei, eu não peguei essa foto e já te falei isso mil vezes nem tinha bolso nenhum naquela roupa que eu estava usando – nenhum", e no entanto isso não me fazia ver (com meu cérebro louco febril) que agora era Bernard que estava maluco, Bernard tinha envelhecido e agora tinha alguma fraqueza lamentável, mania de acusar os outros de roubar coisas, muito sério – "Leo será que você não entende e continua falando nisso" – sendo esta a última a mais profunda de todas as dúvidas que eu tinha em relação a Mardou que no fundo ela era uma espécie de ladra e portanto queria roubar meu coração, meu coração de branco, uma negra entrando sorrateira neste mundo roubando os sagrados homens brancos para posteriores rituais de sacrifício quando então eles serão assados no espeto (lembrando da história de Tennessee Williams sobre o empregado da sauna que era preto e a bichinha branca) porque, não apenas Ross Wallenstein me chamou na minha cara de veado – "Cara qual é a tua afinal, você é veado? você fala que nem veado", tendo dito isto depois que eu disse para ele numa voz que eu esperava que fosse de intelectual, "Você tomou esse barbitúrico? cara você devia experimentar você fica doidão aí toma umas cervejas em cima, mas não toma quatro não, só três", o que para ele foi um tremendo insulto já que ele é o veterano dos hipsters de North Beach, e um cara ainda por cima um cara de fora vem e rouba Mardou do grupo e ao mesmo tempo com pinta de marginal e reputação de grande escritor, o que ele não via, por causa de um único livro publicado – essa loucura toda em que Mardou virava o crioulão que trabalha na sauna, e eu a bichinha que acaba arrasada na transação amorosa e é levada até a baía dentro de um saco, para lá ser distribuída aos pedacinhos de carne e osso aos peixes se é que ainda tem peixe naquela água triste) – e aí ela roubava a minha alma e comia – então me disse mil vezes, "eu não roubei aquela foto e eu garanto que o Aylward Nãoseidasquantas não roubou nem você roubou nem ninguém é o Bernard, é uma espécie de fetichismo dele" – Mas isso nunca entrou na minha cabeça até o fim, até uma noite dessas, a última vez – aquela dúvida mais profunda a respeito dela subindo à tona desde a vez (ela que me contou) que ela morava no apê de Jack Steen numa água-furtada maluca na Commercial Street perto do sindicato dos marítimos, no escuro, sentada na frente da mala de Jack pensando se abria para ver o que tinha dentro, e aí Jack chegou em casa e mexeu na mala e pensou ou viu que alguma coisa estava faltando e disse, sinistro, sombrio, "Você andou mexendo na minha mala?" e quase que ela deu um salto e gritou MEXI SIM porque ela HAVIA – "Bicho na minha cabeça eu havia passado o dia inteiro mexendo naquela mala e de repente ele estava olhando pra mim, com aquele olhar – quase pirei" – essa história também não entrou no meu cérebro rígido paranóico, e aí por isso eu passei dois meses achando que o que ela me tinha dito era "É, eu abri a mala dele, mas é claro que não tirei nada", mas aí eu via que na realidade ela mentiu para Jack Steen – mas na realidade agora, os fatos, ela só pensou em abrir, e por aí vai – minhas dúvidas todas elas muito bem assessoradas por uma paranóia galopante, que na verdade é minha confissão – dúvidas, então, todas desaparecidas.

Pois agora quero Mardou – ela acabou de me dizer que seis meses atrás uma doença criou raízes profundas em sua alma, e para sempre – isso não a faz ficar ainda mais bonita? – Mas eu quero Mardou – porque a vejo em pé, de calça preta de veludo, manibolsos, magra, ombros caídos, cigarro pendurado dos lábios, fumaça subindo em espirais, os cabelos curtos negros cortados rente bem penteados e esticados, o batom, pele negra pálida, olhos negros, sombras dançando nos malares salientes, o nariz, a forma macia do queixo ao pescoço, o pequeno pomo-de-adão, tão hip, tão na dela, tão bonita, tão moderna, tão nova, tão inatingível para mim eu triste figura de calças de palhaço no meu barracão no meio do mato – eu quero Mardou por causa da maneira como ela imitou Jack Steen aquela vez na rua e eu fiquei tão desbundado mas Adam Moorad ficou muito sério assistindo à imitação como se talvez absorto na contemplação da coisa em si, ou apenas cético, mas ela se destacou dos dois homens que estavam com ela e saiu na frente deles exibindo o andar (no meio de multidões) a ginga suave de braços, os passos longos e macios, a paradinha na esquina para esperar e docemente olhar para cima como um filósofo vienense como eu disse antes – mas ver Mardou fazendo a imitação, e com perfeição (eu já o tinha visto andar assim mesmo no parque), o fato em si – eu amo Mardou mas esta canção está... quebrada – mas em francês... em francês eu posso cantar Mardou sem parar...

Nossos pequenos prazeres em casa à noite, ela chupa uma laranja e faz um barulhão –

Quando eu rio ela olha para mim com olhinhos pretos redondos que se escondem nas pálpebras porque ela ri tanto (contorcendo todo o rosto, os dentinhos aparecendo, iluminando tudo) (a primeira vez que a vi, na casa de Larry O'Hara, no canto, me lembro, eu cheguei com meu rosto para perto do dela para falar sobre livros, ela virou para mim chegou bem perto, um oceano de coisas derretendo e se afogando, eu podia ter nadado, eu tinha medo de toda aquela abundância e desviei a vista) –

Com o lenço rosa que ele sempre amarra na cabeça para os prazeres do leito, como uma cigana, rosa, e aí depois o roxo, e os cabelinhos escapulindo do roxo fosforescente da testa negra como madeira –

Os olhinhos mexendo que nem gatos –

Tocamos Gerry Mulligan bem alto quando ele chega à noite, ela escuta e rói as unhas, a cabeça balança lentamente de um lado para outro como uma freira absorta na prece –

Quando ela fuma ela leva o cigarro até a boca e semicerra os olhos –

Lê até o amanhecer cinzento, cabeça sobre o braço, Dom Quixote, Proust, qualquer coisa –

Deitamos, olhamos um para o outro sérios sem dizer nada, cabeça colada a cabeça no travesseiro –

Às vezes quando ela fala e minha cabeça está debaixo da dela sobre o travesseiro e eu vejo seu queixo a covinha a mulher em seu pescoço, eu a vejo profundamente, abundantemente, o pescoço, o queixo fundo, sei que ela é uma das mulheres mais emulheradas que eu já vi, morena de eternidade incompreensivelmente bela e sempre triste, profunda, tranqüila –

Quando eu a agarro em casa, pequena, e a aperto, ela grita, me faz cócegas furiosas, eu rio, ela ri, os olhos dela brilham, ela me dá socos, quer me bater com uma vara, diz que gosta de mim –

Eu me escondo com ela na casa secreta da noite –

O dia nos encontra místicos em nossos mantos, coração a coração –

"Minha irmã!" pensei de repente na primeira vez que a vi –

Luz apagada.

Devaneios: ela e eu nos curvando em grandes festas de felás com Parises reluzentes no horizonte e no primeiro plano – ela atravessa as grandes tábuas corridas do assoalho com um sorriso.

Sempre a testá-la, por causa das "dúvidas" – dúvidas, ora! – e eu gostaria de me acusar a mim mesmo de filhadaputice – que testes! – posso citar rapidamente dois, a noite que Arial Lavalina o famoso jovem escritor de repente estava no Mask e eu estava sentado com Carmody agora também escritor famoso à sua maneira que tinha acabado de chegar do norte da África, Mardou ali perto no Dante's entrando e saindo de um bar para outro como todo mundo costumava fazer, e de repente ela ia sozinha lá para ver os Juliens etc. – vi Lavalina e o chamei pelo nome e ele aproximou-se. – Quando Mardou veio me chamar para ir para casa me recusei a ir, insistindo que era um momento literário importante, o encontro daqueles dois (Carmody havendo tramado comigo um ano antes na escuridão do México quando éramos pobres na pior e ele apenas um viciado, "Escreve uma carta pra Ralph Lowry descobre um jeito de eu conhecer esse Arial Lavalina bonitão, cara, olha só aquela foto na capa de trás de *Reconhecimento de Roma*, não é um barato?" tendo eu simpatia pessoal por ele e também como Bernard veado ele estava ligado à lenda do grande-cérebro de mim mesmo que era a OBRA, aquela obra que tudo consome, e aí eu escrevi a carta e etc. e tal) mas agora de repente (depois que naturalmente não veio nenhuma resposta da ilha de Ischia e demais panelinhas e pelo menos para mim foi até bom) ele estava lá e eu o reconheci da noite que encontrei com ele no balé do Metropolitan quando em Nova York de smoking eu tinha saído com um redator também de smoking para ver o mundo reluzente noturno nova-iorquino das letras e figuras folclóricas, e Leon Danillian, aí eu gritei "Arial Lavalina! vem cá!" e ele veio. – Quando Mardou veio eu sussurrei felicíssimo "Esse é o Arial Lavalina não é uma loucura!" – "É cara mas eu quero ir pra casa." – E naquela época o amor dela por mim não era para mim mais do que um cachorrinho legal andando atrás de mim (o que tem tudo a ver com minha visão real secreta mexicana de Mardou me seguindo pelas escuras ruas faveladas da Cidade do México não andando comigo e sim atrás de mim, como índia) eu marquei a maior bobeira dizendo "Peraí, vai pra casa e me espera, eu quero curtir Arial e depois eu vou embora." – "Mas amor foi o que você disse da última vez e você levou duas horas pra chegar e você não sabe a dor que isso me causou de ter que esperar." (Dor!) – "Eu sei mas olha", e aí dei uma volta no quarteirão com ela para convencê-la, e bêbado como sempre com o fim de provar alguma coisa plantei bananeira na calçada da Montgomery ou Clay Street e aí uns marginais passaram, viram e disseram "É isso aí" – finalmente (ela rindo) coloquei-a num táxi, para ir para casa, me esperar – voltando depois para Lavalina e Carmody que alegremente e agora sozinho de volta em meu grande mundo noturno visão literária adolescente no mundo, nariz contra vidraça de vitrine, "Olha só, Carmody e Lavalina, o grande Arial Lavalina embora não um grandíssimo escritor como eu mas famoso assim mesmo e lindo etc. juntos no Mask e fui eu que transei tudo, e tudo se encaixa, o mito da noite de chuva, Master Mad, Raw Road, a coisa vem de 1949 e 1950 e todas as coisas grandes imensas o Mask de velhos restos históricos" – (era assim que eu me sentia e eu entro) e sento ao lado deles e bebo mais – depois os três indo até o 13 Pater bar de sapatão na Columbus, Carmody, doidão, indo embora e nos deixando para curtir o lugar, e nós sentados, mais cerveja, o horror o indizível horror de eu de repente descobrir em mim uma humildade alcoólica talvez do tipo William Blake ou Crazy Jane ou vai-ver que Christopher Smart agarrando e beijando a mão de Arial e exclamando "Ah Arial meu querido – você vai ser – você é tão famoso – você escreveu tão bem – eu me lembro de você – o quê –" e por aí vai e agora o ilembrável a embriaguez, e ele um manjadíssimo e evidente homossexual de primeira, meu cérebro rugindo – vamos para o quarto dele em algum hotel – acordo de manhã no sofá, me invade a terrível consciência de "Acabei não voltando pra Mardou" e aí no táxi ele me dá – eu peço meio dólar e ele me dá um inteiro dizendo "Você me deve um dólar" e eu salto correndo e disparo no sol quente rosto todo quebrado de bebida e vergonha até o apê dela na Heavenly Lane chegando na hora exata que ela está se vestindo para ir para a terapia. – Ah triste Mardou com olhinhos pretos cheios de dor e tinha esperado toda a noite numa cama escura e o bêbado entrando trôpego e na mesma hora desci correndo para comprar duas latas de cerveja para cortar o porre ("Para dominar os temíveis cãos de cabelo" como diria o velho Bull Balloon), aí enquanto ela fazia suas abluções para sair eu gritava e saltitava – fui dormir, para esperar por ela, que voltou no fim da tarde, acordei ouvindo a gritaria das criancinhas puras do beco – o horror o horror, e resolvendo, "Vou escrever imediatamente uma carta pra Lavalina", mandando um dólar dentro da carta e pedindo desculpa por ficar tão bêbado e agir de modo tal que ele me entendeu mal – Mardou chegando, sem reclamações, só uma ou outra pouco depois, e os dias passando e ela ainda me perdoa o bastante ou é humilde o bastante apesar da minha loucura recente para me escrever, algumas noites depois, esta carta:

> AMOR,
> *Como é bom saber que o inverno está chegando –*

porque a gente vivia reclamando do calor e agora o calor estava acabando, vinha um frescor no ar, dava para sentir na correnteza cinzenta da Heavenly Lane e na aparência do céu e noites com um tremeluzir mais forte nos postes de luz –

> *– e que a vida vai ser um pouco mais tranqüila – e você vai ficar em casa escrevendo e comendo bem e nós vamos passar noites agradáveis abraçadinhos – e você está em casa agora, descansado e comendo bem porque você não devia ficar muito triste –*

escrita depois que, uma noite, no Mask com ela e o recém-chegado meu futuro inimigo Yuri meu ex-irmãozinho eu falei de repente "Sinto uma tristeza impossível como se eu fosse morrer, o que que a gente faz?" e Yuri sugeriu "Liga pro Sam", o que, na minha tristeza, eu fiz, e com tanta sinceridade, porque senão ele não ia prestar atenção em mim sendo ele jornalista e o filho dele acabara de nascer e não tinha tempo para bobagens, mas tanta sinceridade que ele nos aceitou, os três, que fôssemos imediatamente, dali do Mask, para seu apartamento em Russian Hill, onde fomos, eu cada vez mais bêbado, Sam como sempre me dando socos e dizendo "Teu problema, Percepied", e "Você tem uns sacos podres no fundo do teu depósito", e "No fundo vocês, canadenses de fala francesa, são todos iguais e eu nem acredito que você vai admitir que morreu quando morrer" – Mardou olhando para ele, achando graça, bebendo um pouco, Sam finalmente, como sempre, caindo de porre, mas não exatamente, desejando o porre, em cima de uma mesinha baixa completamente coberta de cinzeiros transbordantes e copos e cacarecos, plof, a mulher dele, com bebê saído do berço, suspirando – Yuri, que não bebia só olhava de olhos brilhantes, depois de ter me dito no dia em que chegou, "Sabe Percepied eu realmente gosto de você agora, eu estou realmente a fim de me comunicar com você agora", o que devia ter me botado desconfiado de que nele aquilo era um novo interesse sinistro nas minhas atividades, a saber, Mardou –

– porque você não devia ficar muito triste

foi o único comentário doce que a frágil Mardou fez sobre aquela noite terrível desastrosa – semelhante ao exemplo nº 2, depois do lance de Lavalina, a noite do lindo rapaz fauno que havia dormido com Micky dois anos antes num glorioso festanal que eu mesmo tinha organizado quando vivia com Micky a grande musa da noite lendária louca, vendo-o no Mask, e estando com Frank Carmody e todo mundo, puxando a camisa dele, insistindo para que ele fosse conosco para outros bares, atrás da gente, Mardou finalmente na noite embaçada ensurdecedora berrando comigo "Ou eu ou ele porra", mas não a sério no fundo (ela que normalmente não bebia já que era uma subterrânea mas agora por causa da transa com Percepied bebendo muito) – ela foi embora, ouvi-a dizer "Terminamos" mas nem por um segundo acreditei, como de fato ela voltou depois, nos abraçamos e cambaleamos juntos, mais uma vez eu tinha me comportado mal e mais uma vez ridiculamente que nem um veado, o que me preocupava de novo ao acordar no cinzento da Heavenly Lane na manhã ao rugir da cerveja. – Isto é a confissão de um homem que não sabe beber. – E a carta dela dizendo:

> *porque você não devia ficar muito triste – e eu me sinto melhor quando você está bem –*

perdoando, esquecendo todas essas loucuras patéticas quando ela quer, "Não quero viver saindo para beber e tomando porre com todos os teus amigos e indo sempre ao Dante's e encontrar com os Juliens todos e todo mundo de novo, quero que a gente fique em casa quietinhos, ouvindo rádio e lendo ou sei lá, ou então assistir a um show, eu adoro ir a show amor, pegar um cinema na Market Street, ah como eu gosto." – "Mas eu detesto cinema, a vida é mais interessante!" (mais um comentário arrasante) – sua doce carta continuando:

Estou sentindo tantas sensações estranhas, revivendo e reformulando muitas coisas velhas

– quando ela tinha catorze ou treze anos por aí ela matava aula fugia de Oakland e pegava a barca para São Francisco ia para a Market Street e passava o dia todo dentro do cinema, andando de um lado para outro tendo fantasias alucinatórias, olhando para todos aqueles olhos, a pretinha perambulando pela rua inquieta incessante de bêbados, marginais, policiais, jornaleiros, a confusão louca a multidão encarando olhando tudo multidão de tarados e tudo aquilo na chuva cinzenta dos dias de aula matada – pobre Mardou – "Eu tinha as fantasias sexuais mais estranhas não com atos sexuais com pessoas mas situações estranhas que eu passava o dia inteiro elaborando enquanto eu andava, e os orgasmos os poucos que eu tinha pintavam sem mais nem menos, porque eu nunca me masturbei nem sabia como, quando eu sonhava que papai ou alguém estava me abandonando, fugindo de mim, eu acordava com umas convulsões estranhas, molhada, nas coxas, e na Market Street era a mesma coisa só que diferente e pesadelos tirados dos filmes que eu via." – Eu pensando Ó Américalouca de telacinzenta gângster coquetel diadechuva tiro bum imortalidade espectral de filme B pilha de pneus escuro-na-névoa mas que mundo maluco! – "Amor" (em voz alta) "quem dera te ver andando assim pela Market – mas garanto que eu te vi sim – você tinha treze anos e eu 22 – 1944, sim garanto que te vi, eu era marinheiro, eu estava sempre por lá, eu conhecia as turminhas daqueles bares –" Assim ela dizendo na carta:

revivendo e reformulando muitas coisas velhas

provavelmente revivendo aqueles tempos aquelas fantasias, e antes os horrores grotescos da casa em Oakland onde a tia histericamente batia nela ou histericamente tentava e as irmãs (apesar das eventuais carícias de irmãzinha como beijinhos de praxe antes de ir deitar e escrever uma nas costas da outra) fazendo gato-sapato dela, e as caminhadas sem rumo pelas ruas tarde da noite, imersa em meditações macambúzias, os homens escuros de portas escuras de bairros de negros – e assim continuando,

> *e sentindo o frio e a tranqüilidade mesmo no meio de meus medos e presságios – que as noites limpas acalmam e tornam mais nítidos e reais – palpáveis e fáceis de enfrentar*

– dizendo isso com um ritmo bonito também, e aí eu lembrava de admirar a inteligência dela – mas ao mesmo tempo escurecendo em casa lá na minha escrivaninha de bem-estar e pensando. "Mas enfrentar, esses velhos papos psicanalíticos de enfrentar, ela fala como todos eles, os intelectuais urbanos decadentes beco-sem-saída em análise de causa-e-efeito e solução de pretensos problemas em vez da imensa ALEGRIA de ser e vontade e coragem – fissurados em fossa – esse é o problema dela, ela é igualzinha a Adam, e Julien, e todos eles, com medo da loucura, o medo da loucura atormenta a vida dela – mas Eu Não Eu Não meu Deus" –

> *Mas por que eu estou escrevendo para dizer essas coisas a você. Mas todos os sentimentos são verdadeiros e você provavelmente capta ou sente também o que estou dizendo e por que eu preciso escrever isso tudo –*

– um sentimento de mistério e encantamento – mas, como eu dizia a ela sempre, falta o detalhe, os detalhes são a vida, eu insisto, diz tudo que passa na tua cabeça, não segura nada, não analisa nem nada ao mesmo tempo, é só dizer, "Isso" (digo agora ao ler a carta) "é um exemplo típico – mas deixa pra lá, afinal ela é mulher né –"

A imagem que eu tenho de você agora é estranha

– vejo o ramo dessa frase balançando na árvore –

Sinto uma distância de você que talvez você sinta também que me dá uma imagem de você que é doce e amiga

e aí acrescenta, com letra menor,

(e amorosa)

para obviar minha depressão provavelmente por receber carta de amante só com palavra "amiga" – mas todo esse trecho tornado ainda mais complicado por aparecer embaixo de emendas, sendo a versão corrigida, que naturalmente é menos interessante para mim, a seguinte:

Sinto uma distância de você que talvez você sinta também com imagens de você que são doces e amigas (e amorosas)
– e por causa das ansiedades que sentimos mas nunca mencionamos, e que também são parecidas –

o que me faz de repente por obra e graça da força da palavra dela sentir pena de mim mesmo, me vendo a mim mesmo como ela perdido no mar ignorante sofrido da vida humana me sentindo distante dela que devia estar tão próxima de mim e sem saber (não não mesmo) por que a distância é que é o sentimento, nós dois entrelaçados e perdidos nisso, como se submersos no mar –

vou dormir para sonhar, para acordar

– lembrando nossa história de anotar os sonhos ou contar sonhos um ao outro ao acordar, todos os sonhos estranhos e (veremos mais adiante) as outras comunicações mentais que fizemos, telepatizando imagens juntos de olhos fechados, onde será demonstrado que todos os pensamentos se encontram no candelabro da eternidade – Jim – e no entanto gosto também do ritmo que há em para sonhar, para acordar, e me orgulho de ter uma namorada rítmica pelo menos, na minha escrivaninha-lar metafísica –

Você tem um rosto muito bonito e eu gosto de vê-lo como estou vendo agora –

– ecos da frase daquela menina de Nova York e agora vindo da dócil humilde Mardou não tão difícil de acreditar e eu realmente comecei a ficar todo prosa e acreditar nisso (ó humilde papel com letras, ó a vez que eu sentado num tronco perto do aeroporto de Idlewild em Nova York vendo o helicóptero voando carregado de cartas e enquanto eu olhava eu via o sorriso de todos os anjos da terra que tinham escrito as cartas que ele carregava, os sorrisos deles, em particular de minha mãe, curvada sobre doce papel e caneta para se comunicar pelo correio com a filha, sorriso angelical como sorrisos de operários em fábricas, a beatitude universal e a coragem e a beleza da coisa, fatos que eu nem mereço reconhecer, depois do jeito como eu tratei Mardou) (ó perdoai-me anjos do céu e da terra – até mesmo Ross Wallenstein vai para o céu) –

Perdoe as conjunções e os pronomes mal colocados
e o não dito

– mais uma vez fico admirado e penso, ela também aqui, pela primeira vez lembrando-se que está escrevendo para um escritor –

Não sei direito o que eu queria dizer na verdade
mas quero que você receba umas palavras minhas
nessa manhã de quarta-feira

e o correio só a trouxe muito depois, depois de eu ver Mardou, a carta perdendo portanto o impacto esperado

Somos como dois animais fugindo para tocas escuras e quentinhas e vivemos nossas dores sozinhos

– a essa altura minha fantasia boba sobre nós dois (depois que aqueles bêbados me fizeram ficar cheio da cidade cheio dos porres) era um barraco no meio das matas de Mississipi, Mardou comigo, que se danem os racistas linchadores, aí eu escrevo para ela em resposta: "Espero que com aquele trecho (animais em tocas escuras e quentinhas) você queira dizer que você vai acabar se revelando como a mulher que realmente é capaz de viver comigo na profunda solidão das matas finalmente e ao mesmo tempo conquistar as Parises cheias de luzes (pronto!) e envelhecer comigo na minha choupana em paz" (de repente me vendo como William Blake com sua esposa dócil no meio da manhã orvalhada londrina, Crabbe Robinson vem com mais um trabalho de gravura mas Blake está absorto na visão do Cordeiro na mesa cheia dos restos do café-da-manhã). – Ah lamentável Mardou, e nem uma vez um pensamento desses pulsa na tua cabeça, que eu devia beijar, a dor de teu próprio orgulho, chega de papos genéricos românticos do século dezenove – os detalhes são a vida da coisa – (o homem faz bobagem banca o bonzão mas isso não vale nada quando a coisa aperta – a moça vai dar a volta por cima, está oculto nos olhos dela o triunfo e a força futura – nos lábios dela só se ouve "está certo amor"). – As palavras finais dela, um lindo pastiche pastel de –

> *Me escreve qualquer coisa Por Favor Fique Bem Tua Amiga Que Ti (erro de ortografia) Gosta E meu amor E Ah (em cima de ilegíveis apagados para sempre) (e uma fileira de X representando beijos é claro)*
> *E Amor para Você Mardou (sublinhado)*

e mais estranho, mais esquisito, importante de tudo – separadas com uma linha em volta as palavras POR FAVOR – última súplica dela sem que ela nem eu soubéssemos – Respondendo a essa carta com falsidade frouxa nascida da minha raiva por causa do incidente da carrocinha.

(E nesta noite em que escrevo essa carta é minha última esperança.)

O incidente da carrocinha começou, de novo como sempre, no Mask e no Dante's, bebendo, eu estava vindo do trabalho ver Mardou, nós dois estávamos a fim de beber, por algum motivo eu de repente tive vontade de beber borgonha tinto que eu tinha tomado com Frank e Adam e Yuri no domingo – outro, e anterior, incidente que merece ser mencionado, sendo – mas isto é o busílis de tudo – O SONHO. A porra do sonho! Onde entrava uma carrocinha, e tudo o mais profetizava. E isso depois de uma noite de sérias biritadas, a noite do rapaz-fauno de camisa vermelha – onde todo mundo depois naturalmente disse "Você está fazendo um papelão, Leo, está se tornando falado em North Beach como a bichona que vive agarrando camisa de michês manjadíssimos." "Mas eu só queria ele pra você curtir." – "Não obstante" (Adam) "que coisa". – E Frank: "Você realmente está ficando com uma péssima reputação." – Eu: "Estou me lixando, se lembra em 1948 quando Sylvester Strauss aquele compositor veado ficou puto comigo porque eu não quis ir pra cama com ele porque ele tinha lido meu livro e disse as maiores, gritou comigo 'Eu estou sabendo de você conheço a sua péssima reputação'. – 'O quê?' – 'Você e aquele cara ali Sam Vedder vivem andando por North Beach pegando marinheiros e dando fumo pra eles e ele ganha eles só pra poder chupar, eu estou sabendo de você.' – 'Onde você ouviu essa história fantástica?' – você soube desse lance, Frank." – "Mas claro" (Frank rindo) "também com todas as loucuras que você apronta aqui no meio do Mask, bêbado, na cara de todo mundo, se eu não te conhecesse eu jurava que você era o michê mais maluco das esquinas do mundo" (típica tirada rápida e rasteira carmodiana) e Adam "É sim é verdade." – Depois da noite do rapaz de camisa vermelha, bêbado, fui dormir com Mardou e tive o pior pesadelo de todos, no qual todo mundo, o mundo inteiro estava em volta da nossa cama, nós deitados e tudo acontecendo. A Jane que morreu estava lá, com uma garrafa de vinho Tokay escondida na cômoda de Mardou para mim e pegou e me deu um trago dos grandes e derramou boa parte do copo d'água na cama (símbolo de mais vinho, mais bebedeiras por vir) – e Adam, que saiu pela porta afora e subiu a trágica rua italiana de carrocinhas em Telegraph Hill, descendo a escadinha desengonçada de madeira onde os subterrâneos estavam "curtindo um velho patriarca judeu que acabou de chegar da Rússia" que está celebrando algum ritual perto de barris com gatos cabeças de peixe (as cabeças de peixe, no auge do verão Mardou pegou uma cabeça de peixe para nosso gatinho visitante maluco quase humano em sua insistência em ser amado levantando a cabeça ronronando para se esfregar na gente, para ele ela pegou uma cabeça de peixe que fedia tanto na noite abafada que eu joguei um pedaço dela no barril lá embaixo depois de jogar um pedaço gosmento de tripa que havia esbarrado na minha mão quando eu a enfiei na geladeira escura onde eu procurava um pedacinho de gelo para botar no meu vinho branco, plof em cima duma coisa grande e macia, tripas ou boca de peixe, tendo sobrado na geladeira após o peixe ter sido comido, e eu joguei fora, o pedaço ficou preso na escada de incêndio e passou toda a noite quente lá e aí de manhã quando acordei estava sendo mordido por umas moscas azuis gigantescas que tinham sido atraídas pelo peixe, eu estava nu e elas mordiam sem parar, o que me irritou, como tinham me irritado os pedacinhos de enchimento de travesseiro e tinha alguma coisa a ver com a indianidade de Mardou, as cabeças de peixe o modo terrivelmente desleixado de transar o peixe, ela percebendo minha irritação mas rindo, ah meu passarinho) – aquele beco, lá fora, no sonho, Adam, e na casa, no quarto e na cama de Mardou eu o mundo todo rugindo em volta de nós, bunda de fora – Yuri também lá, e quando eu viro a cabeça (após inomináveis acontecimentos envolvendo milhões de mariposas em revoada) de repente ele está com Mardou na cama rebolando carícias furiosas com ela – de início não digo nada – quando olho de novo, de novo eles naquela, fico puto – estou começando a acordar, justamente no instante em que dou um soco na nuca de Mardou, que faz Yuri partir para cima de mim – acordo segurando Yuri pelos calcanhares batendo com ele contra a parede da lareira. – Quando acordei depois desse sonho contei tudo para Mardou menos que eu bati nela e em Yuri – e ela também (como a telepatia já ocorrida antes naquele triste verão já enterrado por tantas luas de agosto, quando comunicamos tantas sensações empáticas e eu vinha correndo para vê-la e quando eu chegava ela já tinha sentido que eu vinha) tinha sonhado como eu com o mundo todo em volta da nossa cama, com Frank, Adam etc., o sonho de sempre do pai se mandando, de trem, o espasmo de quase orgasmo. – "Ah meu amor eu quero parar com esse negócio de viver bebendo esses pesadelos vão acabar me matando – você não imagina como eu morri de ciúme naquele sonho (um sentimento que eu ainda não tivera em relação a Mardou) – a energia por trás desse sonho ansioso vinha da reação dela à minha bobeira com o rapaz de camisa vermelha ("Um tipo absolutamente insuportável aliás" Carmody havia comentado "está certo que ele é realmente bonito, mas Leo você estava tão gozado" e Mardou: "Agindo que nem criança mas eu gosto".) – Naturalmente a reação dela foi violenta, ao chegar em casa depois de me puxar no Mask na frente de todo mundo inclusive os amigos dela de Berkeley que viram tudo e provavelmente ouviram até "Ou eu ou ele!" e a loucura o ridículo a futilidade daquilo – chegando na Heavenly Lane ela achou um balão no corredor, um jovem escritor simpático tal de John Golz que morava no andar de baixo estava brincando com os balões com a garotada da rua o dia inteiro e tinham sobrado uns, com o balão Mardou (bêbada) ficou dançando pelo corredor, empurrando e pulando e agarrando com gestos de expressão corporal e disse uma coisa que não apenas me fez ficar com medo da loucura dela, do hospício e tudo mais, mas também me feriu a fundo, tão fundo que portanto não deve ter sido loucura, para comunicar uma coisa com tanta precisão, com tanta – sei lá – "Agora que eu tenho esse balão você pode ir embora." – "O que que você quer dizer?" (eu, bêbado, olhos rasos d'água). – "Agora eu tenho esse balão – não preciso mais de você – adeus – vai embora – me deixa" – uma afirmação que embora eu bêbado me fez ficar pesado feito chumbo, deitado no chão, onde dormi uma hora enquanto ela brincava com o balão e depois foi se deitar, me acordando quando o dia nasceu para tirar a roupa e entrar – nós dois sonhando o pesadelo do mundo em volta da nossa cama – e aquele sentimento de CULPA-Ciúme entrando na minha cabeça pela primeira vez – sendo que a moral de toda essa história é: quero Mardou porque ela está começando a me rejeitar – PORQUE – "Mas amor isso foi um sonho doido." – "Fiquei com tanto ciúme – cheguei a passar mal." – De repente me lembrei do que Mardou tinha dito na nossa primeira semana juntos, quando eu pensava secretamente que no fundo eu havia colocado a importância dela abaixo da importância do meu trabalho de escritor, já que, em toda paixão, a primeira semana é tão intensa que todos os mundos preexistentes podem perfeitamente desaparecer, mas quando a energia (do mistério, orgulho) começa a baixar, mundos mais antigos de sanidade, bem-estar, bom senso etc. voltam à tona, e assim eu havia falado a mim mesmo secretamente: "Meu trabalho é mais importante que Mardou." – No entanto ela percebeu, já naquela primeira semana, e agora disse: "Leo tem alguma coisa diferente agora – em você – eu sinto dentro de mim – não sei o que é." Eu sabia muito bem o que era e fingi não conseguir exprimir em palavras nem para mim muito menos para ela – lembrava eu agora, ao acordar do pesadelo de ciúme, em que ela se agarra com Yuri, alguma coisa tinha mudado, eu estava sentindo, alguma coisa em mim tinha partido, havia uma nova perda, até mesmo uma nova

Mardou – e, novamente, a diferença não estava isolada em mim que tinha sonhado o pesadelo do chiframento, mas nela, o assunto do sonho, que não tinha sonhado, mas que tinha participado de algum modo daquele sonho confuso lamentável sobre toda essa vida comigo – assim eu achei que agora de manhã ela podia olhar para mim e dizer que alguma coisa tinha morrido – não por causa do balão e "Agora você pode ir embora" – mas o sonho – e assim o sonho, o sonho, eu não paro de falar nisso, desesperadamente eu mastigo o sonho e falo no sonho, na hora do café, com ela, finalmente quando Carmody e Adam e Yuri vieram (solitários e vindo pegar alguma sobra daquela grande corrente que havia entre mim e Mardou, uma corrente que conforme descobri depois todo mundo queria entrar nela) comecei a contar a eles o sonho, insistindo, insistindo, insistindo no trecho sobre Yuri, em que "toda vez que eu viro as costas" Yuri está beijando Mardou – naturalmente os outros querem saber o que eles fazem, o que eu expliquei com menos veemência – triste tarde de domingo, Yuri saindo para comprar cerveja, uma pasta, pão – comendo um pouco – e até umas lutas-livres que partiram meu coração. Pois quando vi Mardou de brincadeira lutando com Adam (que não era o vilão do sonho embora agora eu achasse que eu provavelmente tinha trocado os papéis) senti uma pontada daquela dor que agora me dói todo, primeira dor, que linda que ela estava de jeans lutando fazendo força (eu tinha dito "Ela é forte paca, já te contaram da briga dela com Jack Steen? experimenta, Adam") – Adam já tendo começado a lutar com Frank no embalo de uma conversa sobre chaves de braço, agora Adam havia imobilizado Mardou na posição do coito no chão (o que por si só não me doía) – era a beleza dela, a raça a fibra dela lutando, fiquei orgulhoso, queria saber o que Carmody diria AGORA (achando que desde o começo ele tinha implicado com ela por ser preta, sendo ele texano e do tipo tradicional-família-texana ainda por cima) vê-la tão incrível, camarada, participante, humilde e dócil também e uma mulher de verdade. Até mesmo de algum modo a presença de Yuri, cuja personalidade já estava carregada de energia na minha cabeça por causa da energia do sonho, aumentou meu amor por Mardou – eu de repente a amava. – Eles queriam que eu saísse com eles, até o parque – conforme havia sido combinado em conclaves muito sérios Mardou dizendo "Mas eu fico lendo fazendo umas coisas Leo, você vai com eles como a gente combinou" – enquanto eles saíam e desciam as escadas em bando eu fiquei para dizer a Mardou que a amava agora – ela não ficou tão surpresa, nem tão satisfeita, quanto eu queria – ela agora já havia olhado para Yuri com os olhos não apenas do meu sonho mas também dentro de uma nova perspectiva como um possível sucessor por causa das minhas sucessivas traições e bebedeiras.

Yuri Gligoric: um jovem poeta, 22 anos, recém-chegado das macieiras de Oregon onde catava maçã, antes disso garçom no restaurante de um hotel-fazenda – alto magro louro iugoslavo, bonito, muito presunçoso e acima de tudo a fim de esnobar Adam eu e Carmody, sabendo que nós três éramos uma velha sacrossanta trindade, querendo, naturalmente, como jovem poeta inédito desconhecido mas muito genial destruir os deuses já estabelecidos e se elevar – querendo portanto as mulheres deles também, sem ambições, sem tristezas, pelo menos por enquanto. – Eu gostava dele, o considerava mais um "irmãozinho" (como Leroy e Adam antes, a quem eu "ensinara" truques do ofício de escritor) e agora eu ia ensinar a Yuri também e ele ia ser meu amigão e andar comigo e com Mardou – a amante dele, June, o tinha abandonado, ele tratava a menina muito mal, queria que ela voltasse, ela estava levando outra vida em Compton, eu tomava as dores dele e perguntava se as cartas e telefonemas tinham tido algum efeito, e, mais importante, como eu disse ele agora estava pela primeira vez de repente olhando para mim e dizendo "Percepied quero falar com você – de repente quero conhecer você de verdade". – Um domingo tomando vinho no Dante's de brincadeira eu disse "Frank está a fim de Adam, Adam está a fim de Yuri" e Yuri acrescentou "E eu estou a fim de você".

E estava mesmo estava mesmo. Neste domingo triste do meu primeiro doloroso amor por Mardou depois de ir ao parque com o pessoal como combinado me arrastei de novo para casa, para trabalhar, jantar, culpado, chegando atrasado, encontrando mamãe sorumbática cara de passei-todo-o-fim-de-semana-sozinha de xale sentada numa cadeira... e meus pensamentos só Mardou agora – não dando importância nenhuma ao fato de eu ter dito ao jovem Yuri não apenas "sonhei que você estava agarrado com Mardou" mas também, numa lanchonete onde paramos a caminho do parque para chamar Sam e ficamos sentados no balcão esperando, tomando limonada, "Depois da última vez que eu te vi me apaixonei por aquela garota", informação essa que ele recebeu sem qualquer comentário e que eu espero que ele ainda lembre, e é claro que lembra.

E assim agora remoendo esses pensamentos sobre ela, valorizando os bons momentos que passamos juntos que até então eu evitava lembrar, me veio o fato, assumindo uma importância imensa, o fato extraordinário de que ela é a única garota que eu já conheci que é capaz de realmente entender e também cantar bop, ela disse naquele primeiro dia juntinhos sob lâmpada vermelha na casa de Adam "Quando eu estava pirando eu ouvia bop nos bares e no Red Drum e onde estivesse tocando, com uma sensação totalmente nova e diferente, só que eu não sei descrever como era." – "Mas como é que era?" – "Mas eu não sei descrever, não só provocava umas ondas – me atravessava – não sei, quer dizer, conseguir dizer em poucas palavras, entende? ÔÔ di di di di" cantando umas notas, tão bonitinho. – A noite que a gente desceu depressa a Larkin Street passando pelo Blackhawk com Adam mas ele ia atrás ouvindo, nós dois juntinhos, cantando loucos estribilhos de jazz e bop, às vezes eu levava a melodia e ela fazia uns acordes interessantes modernos e avançados (que eu nunca tinha ouvido igual em lugar nenhum e que lembravam Bartók acordes modernos mas tinham tudo a ver com bop) e às vezes ela levava a harmonia dela e eu fazia o baixo, na antiga lenda incrível (de novo o sofá ligado alucinante louca tarde-torta que eu não imagino que ninguém entenda) antes, eu com Ossip Popper cantei bop, gravei discos, sempre fazendo a parte do baixo dum dum dum e ele levava a melodia (tão parecida eu vejo agora com o fraseado bop de Billy Eckstine) – nós dois braços dados descendo passos largos Market Street velha maçã hip da Maçã da Califórnia cantando bop e bem – a alegria esfuziante, e indo depois parar depois de uma festa horrível na casa de Roger Walker onde (idéia de Adam que eu topei) em vez de festa normal só tinha garotos tudo veado incluindo um garotão michê mexicano e Mardou longe de se grilar se divertiu e conversou – apesar de tudo, voltando para casa no ônibus da rua 3 cantando na maior alegria –

A vez que lemos Faulkner juntos, eu lia para ela "Spotted horses" em voz alta – quando Mike Murphy entrou ela mandou que ele sentasse e ficasse escutando que eu ia continuar mas eu aí estava diferente e não conseguia mais ler como antes e parei – mas no dia seguinte na solidão soturna Mardou sentou e leu o Faulkner todo.

A vez que fomos ver um filme francês na Larkin Street, o Vogue, vimos Ralé, mãos dadas, fumamos, nos sentimos tão perto um do outro – mas na Market Street ela não me deixou segurá-la pelo braço com medo que as pessoas achassem que ela era puta, que ia parecer mesmo ia mas eu fiquei com raiva mas deixei passar e fomos andando, eu queria entrar num bar tomar um vinho, ela ficou com medo daqueles homens todos de chapéu no bar, agora eu via seu medo negro da sociedade americana que ela sempre mas visivelmente nas ruas o que nunca me preocupou – tentei consolá-la, mostrar-lhe que ela podia fazer o que quisesse comigo, "Aliás amor eu vou ficar famoso e você vai ser a senhora de um homem famoso por isso não se grile" mas ela disse "Você não entende" mas seu medo tão de menininha era tão bonitinho, tão comestível, que eu deixei andar, fomos para casa, para cenas de amor ternas juntinhos na escuridão só nossa –

Fato, a vez, uma daquelas vezes maravilhosas que nós, quer dizer, eu não bebi e passamos a noite toda juntos na cama, dessa vez contando histórias de fantasmas, os contos de Poe que eu me lembrava, depois inventamos umas histórias, e terminamos trocando olhares aterradores um tentando assustar o outro com olhares malucos arregalados, ela me mostrou como uma das fantasias dela dos tempos da Market Street era que ela era catatônica ("Embora na época eu não soubesse o que isso queria dizer, mas sabe, eu andava com os braços duros pendurados e bicho ninguém tinha coragem de falar comigo e tinha gente que tinha medo de olhar pra mim, e eu lá andando que nem um zumbi e só tinha treze anos.") (Ah sorridente chlef-chleflu-fluf nos labiozinhos dela, vejo os dentinhos protuberantes, digo muito sério, "Mardou você precisa cuidar desses dentes imediatamente, vai lá no hospital, lá na terapeuta, lá tem dentista também – e é de graça então vai mesmo –" porque já percebo o surgimento de cáries nos cantinhos das perolazinhas dela que se deixar estraga tudo) – e ela faz para mim a cara de louca, rosto rígido, olhos brilhando brilhando brilhando como as estrelas do céu e longe de ficar assustado eu fico completamente desbundado com a beleza dela e digo "E eu também vejo a terra nos teus olhos é isso que eu penso de você, você tem um certo tipo de beleza, não que eu seja vidrado nesses papos de terra e índios e não sei que mais nem que vá entrar nessa de ficar falando em você e nós dois, mas eu vejo nos teus olhos uma coisa tão – mas quando você faz cara de louca o que eu vejo não é loucura e sim uma alegria esfuziante – é como o moleque poeira no cantinho da criança dormindo no berço agora e eu te amo, chuva há de cair no nosso telhado um dia meu amor" – e estamos à luz da vela de modo que as loucuras ficam ainda mais engraçadas e as histórias de fantasma mais apavorantes – tem aquela do – mas a dor, adoro as coisas boas e não esqueço e esqueço a dor que sinto –

Voltando ao lance dos olhos, a vez que fechamos os olhos (de novo sem beber por falta de grana, a pobreza teria salvado esse amor) e eu mandava mensagens a ela, "Você está pronta?" e via a primeira coisa no meu mundo escuro e pedia que ela descrevesse, incrível como dava a mesma coisa para nós dois, um entrosamento, eu via candelabros de cristal e ela via pétalas brancas num pântano negro logo depois uma fusão de imagens tão incrível como as imagens exatas que eu trocava com Carmody no México – Mardou e eu os dois vendo a mesma coisa, alguma forma de loucura, alguma fonte, agora já esquecida por mim e nada importante e no entanto, casando a minha descrição com a dela e a alegria o êxtase desse nosso triunfo telepático, terminando com nossos pensamentos se encontrando no cristal branco e pétalas, o mistério – vejo a fome esfuziante do rosto dela devorando a imagem do meu, quase morro, não quebra o rádio do meu coração com música linda, ó mundo – luz de velas de novo, bruxuleante, os cantos do nosso quarto na escuridão, a sombra dela nua negra quando ela anda até a pia apressada – o que a gente fazia naquela pia – meu medo de comunicar a ela imagens BRANCAS em nossas telepatias com medo que ela (em pleno prazer) se lembre de nossa diferença de raça, na época me fazia sentir culpado, agora reconheço que era o esnobismo de um amor de minha parte – meu Deus.

Bons momentos – subindo até o alto de Nob Hill com uma garrafa de vinho Royal Chalice Tokay, doce, encorpado, forte, as luzes da cidade e da baía lá embaixo, mistério triste sentados num banco lá, amantes, solidários, solitários passando, passando a garrafa, falando – ela conta toda a infância dela em Oakland. – É como Paris – suave, a brisa, a cidade como um forno mas no alto do morro a gente voa – e depois da baía fica Oakland (ah eu Hart Crane Melville e todos vocês outros irmãos poetas da noite americana a qual outrora eu julgava que seria meu altar de holocausto e agora é mas ninguém liga, nem sabe, e eu perdi amor por causa disso – bêbado, babaca, poeta) – voltando via Van Ess Avenue até a praia do Aquatic Park, sentados na areia, passo por mexicanos e me sinto tão hip tendo vivido o verão todo pelas ruas com Mardou meu velho sonho de ser vivo, cheio de vida como um negro um índio ou japonês de Denver ou porto-riquenho finalmente realizado, com ela ao meu lado tão jovem, sexy, magra, estranha, hip, eu também de jeans e bem à vontade e nós dois como se jovens (digo como se, eu já com 31) – os guardas mandando a gente sair da praia, um negro solitário passando duas vezes por nós e olhando fixo para nós – nós andando beiramar, ela ri das figuras loucas reflexos da lua dançando como inseto na água mansa fresca ululante da noite – sentimos o cheiro de porto, dançamos –

A vez que andei com ela na manhã ampla doce seca como planalto mexicano ou do Arizona até a terapeuta, via Embarcadero, negando o ônibus, mãos dadas – eu orgulhoso, pensando, "No México vai ser assim mesmo e ninguém vai desconfiar que eu não sou índio ah vão nada e a gente andando" – e eu aponto para a pureza e a claridade das nuvens, "Que nem o México, amor, ah você vai adorar" e subimos a rua movimentada até o prédio sinistro do hospital e aí eu tenho que ir para casa mas ela faz hora, sorriso triste, sorriso de amor, aí eu concordo em esperar por ela a consulta de vinte minutos e ela saindo radiante correndo alegre até o portão que já passamos ela numa de quase desistir da terapia e ir passear comigo, homens – amor – não à venda – meu prêmio – propriedade – não é de ninguém e quem tentar tirar ganha um risco siciliano de alto a baixo – uma bota alemã na cara, um machado franco-canadense – esses poetas rebolantes eu prego num muro londrino aqui mesmo, explicado. – E enquanto espero que ela volte, me sento perto da água, no cascalho tipo mexicano e grama e blocos de concreto e pego meus cadernos desenho grandes imagens verbais dos edifícios e da baía, mencionando de leve o grande fato do imenso mundo-todo com seus níveis infinitos, desde a Standard Oil até a beiramar os barcos onde os barqueiros velhos sonham, a diferença entre os homens, a diferença tão grande entre preocupações de executivos em arranha-céus e velhos marujos na praia e psicanalistas em consultórios abafados em grandes prédios sinistros cheios de cadáveres no necrotério embaixo e loucas nas janelas, querendo desse modo mostrar a Mardou que o mundo é grande e a psicanálise é uma maneira pequena de explicá-lo já que apenas arranha a superfície, ou seja, a análise, causa e efeito, por que em vez do quê – quando ela volta eu leio para ela, não causo grande impressão mas ela me ama, segura minha mão enquanto descemos o Embarcadero em direção à casa dela e quando eu a deixo na esquina da Third Street com Townsend no ponto do bonde na tarde quente e limpa ela diz "Ah eu detesto me despedir de você eu agora sinto mesmo saudade de você". – "Mas eu tenho que chegar em casa a tempo de fazer o jantar – e escrever – mas amanhã amor às dez em ponto eu estou de volta não esquece." – E no dia seguinte no entanto eu chego à meia-noite.

A vez que a gente sentiu um arrepio e se abraçou e ela disse "me perdi de repente" e ela estava perdida comigo embora não estivesse gozando mas frenética na minha freneticidade (os sentidos se apagam segundo Reich) e como ela adorou aquilo – todos os nossos ensinamentos na cama, eu me explico para ela, ela se explica para mim, trabalhamos, uivamos, fazemos bop – jogamos as roupas para o lado e pulamos um em cima do outro (sempre depois da rápida ida dela à pia-diafragma e eu tenho que esperar mais manso fazendo comentários bobos e ela ri e água escorrendo) e depois ela volta para mim atravessando o Jardim do Éden, e eu puxo o corpinho dela ajudo a deitar a meu lado na cama macia, aperto contra mim e está quentinha, o ponto central dela está quente, beijo os peitinhos escuros, os dois, beijo os amorombros – ela fica fazendo um barulhinho com os lábios "pss pss pss" barulhinhos de beijo embora sem haver contato com meu rosto a não ser por acaso quando estou fazendo outra coisa e encosto nela e os beijinhos pss pss encostam em mim e são tão tristes e tão suaves como quando não encostam – é a ladainhazinha noturna dela – e quando ela está doente e estamos preocupados, então ela me toma sobre ela, o braço dela, o meu – servindo à besta louca irracional – passo longas noites muitas horas fazendo com que ela, finalmente consigo que ela, rezo para que aconteça, a respiração dela cada vez mais rápida, espero com toda a esperança, barulho no corredor (ou grito bêbado do vizinho) e ela se distrai, e aí não consegue mais e ri – mas quando ela consegue fico ouvindo ela chorar, baixinho, o arrepio elétrico orgasmo feminino faz com que ela pareça menininha chorando, lamuriando-se no meio da noite, dura bem uns vinte segundos e quando acaba ela geme, "Ah por que não dura mais", e "Ah e você quando é que vou conseguir junto com você?" – "Não demora eu garanto", respondo, "você já está quase lá, chegando perto" – suando contra ela na São Francisco quente e triste com suas barcaças mugindo na maré lá longe, vuuum, vuuum, e estrelas tremeluzindo na água que ondula no cais onde a qualquer momento gângsteres podem largar cadáveres cimentados, ou ratos, ou O Sombra – minha Mardouzinha que eu amo, que nunca leu minhas obras inéditas mas só meu primeiro romance, o qual tem força mas uma prosa chata no final das contas e agora abraçado com ela exausto de sexo sonho com o dia que ela vai ler grandes obras minhas e me admirar, lembrando do tempo que Adam subitamente estranho disse na cozinha, "Mardou, o que você realmente acha do Leo e eu como escritores, nossa posição no mundo, o tempo inclemente", perguntando isso a ela, sabendo que o pensamento dela está sob certos aspectos mais ou menos em harmonia com os subterrâneos que ele admira e teme, cujas opiniões ele respeita e venera – Mardou não respondendo direito, tirando o corpo fora, mas o papai aqui planeja grandes obras para o espanto dela – todas aquelas coisas boas, bons tempos que passamos, outros e eu agora no afã da minha loucura e esquecimento mas tenho que contar tudo, mas os anjos sabem tudo e anotam nos livros deles –

Mas pensar nas coisas ruins – tenho uma lista de coisas ruins para compensar as boas, as vezes que eu fui bom para ela como eu devia ser – quando bem no início do nosso amor eu me atrasei três horas, o que é muito tempo em se tratando de jovens amantes, aí ela se grilou, andou em volta da igreja manibolsos macambúzia me procurando no meio da névoa do amanhecer e eu saí correndo (vendo o recado dela no papel "Saí para procurar você") (em toda São Francisco! aquela desolação leste a oeste, norte a sul sem alma sem amor que ela havia contemplado da cerca, todos os incontáveis homens de chapéu entrando em ônibus e pouco se importando com a moça nua na cerca, por quê) – quando a vi, tendo eu próprio saído correndo para achá-la, abri meus braços um quilômetro antes –

A pior quase a pior vez de todas quando uma chama vermelha me atravessou o cérebro, eu estava com ela e Larry O'Hara no apê dele, tomando vinho bordô francês discutindo, eu com a mão no joelho de Larry gritando "Mas me escuta, me escuta!" querendo tanto que ele me ouvisse que havia uma súplica enorme maluca na minha voz e Larry profundamente absorto no que Mardou estava dizendo ao mesmo tempo e participando com uma ou outra palavra no diálogo com ela, no vazio depois da chama vermelha eu me levanto de um salto de repente e corro até a porta e puxo com força, porra, trancada, corrente passada por dentro, eu tiro a corrente e dou mais um puxão saio correndo pelo corredor e escada abaixo tão depressa quanto me permitem meus sapatos de sola de borracha de gatuno, tap tip tap tap, o chão rodando ao meu redor na escada, deixando os dois boquiabertos lá em cima – voltando meia hora depois, encontrando Mardou na rua a três quarteirões dali – não há esperança –

Mesmo a vez que concluímos que ela precisava de dinheiro para comida, que eu ia até em casa pegar dinheiro e depois voltava para trazer e ficava mais um pouco com ela, mas nessa época eu estou longe de estar apaixonado, estou irritado, não apenas por causa daqueles melancólicos pedidos de dinheiro mas aquela dúvida, aquela velha dúvida sobre Mardou, e assim eu entro correndo na casa dela, a amiga dela Alice está lá, eu uso isso como desculpa (porque Alice parece sapatão caladona desagradável e estranha não gosta de ninguém) para largar as duas notas em cima dos pratos de Mardou na pia, dou um beijinho no malte da orelha dela, digo "volto amanhã" e saio correndo de novo sem nem mesmo perguntar o que ela acha – como se a puta tivesse conseguido me arrancar dois dólares e eu estivesse puto.

Como é clara a consciência de que se está enlouquecendo – há um silêncio na mente, nada acontece no corpo, a urina se acumula na bexiga, as costelas se contraem.

Maus tempos – a vez que ela me perguntou, "O que que o Adam realmente acha de mim, você nunca me disse, eu sei que ele não gosta de nós estarmos juntos mas –" e então eu disse a ela basicamente o que Adam me tinha dito, nada do qual deveria ter sido informado a ela em nome da paz de espírito dela, "Ele disse que era só uma questão social dele não querer agora se envolver com você em transa amorosa porque você é negra" – sentindo novamente um pequeno choque telepático atravessar o quarto e bater em mim, cravar fundo, eu questionando o motivo que me levara a dizer isso a ela.

A vez que o vizinho alegre dela o jovem escritor John Golz veio (religiosamente oito horas por dia à máquina de escrever, escreve histórias para revistas, admirador de Hemingway, com freqüência dá comida a Mardou e é um rapaz simpático de Indiana e é cheio de boas intenções e está longe de ser um subterrâneo cheio de subterfúgios manhoso feito serpente e interessante e sim um cara aberto, jovial, brinca com as crianças no pátio meu Deus) – veio ver Mardou, eu estava lá sozinho (por algum motivo, Mardou estava num bar dentro do esquema que tínhamos combinado, a noite que ela saiu com um rapaz negro que ela não gostava muito mas só de sarro e ela disse a Adam que estava fazendo isso porque ela queria transar com um rapaz negro de novo, o que me fez ficar com ciúme, mas Adam disse "Se eu se dissessem a ela que você saiu com uma menina branca pra ver se você conseguia transar com branca de novo ela certamente ia ficar toda prosa, Leo") – aquela noite, eu estava na casa dela esperando, lendo, John Golz veio filar um cigarro e vendo que eu estava sozinho o garoto quis falar sobre literatura – "Olha, pra mim a coisa mais importante é a seletividade", e eu explodi e disse: "Ah não me vem com esses papos que você aprendeu no colégio que eu já ouvi uma porrada de vezes muito antes de você nascer quase pelamordideus diz uma coisa nova e interessante sobre literatura" – arrasando o rapaz, mal-humorado, principalmente porque eu estava irritado e porque ele parecia inofensivo e portanto parecia não ter perigo nenhum berrar com ele, no que aliás eu estava absolutamente certo – arrasando o rapaz, que era amigo dela, coisa que não se faz – não, no mundo não há lugar para esse tipo de coisa, e então o que que a gente faz, e onde? quando? buá buá buá, chora o bebê no estouro da meia-noite.

Também não foi bonito nem bom para os medos e as ansiedades dela eu bem no começo do nosso caso beijá-la bem entre as pernas – começar e de repente parar num momento de porre e fraqueza e ela disse, "Você parou de repente como se eu –" e o motivo pelo qual eu parei em si não era tão importante quanto o motivo pelo qual eu comecei, para garantir um maior interesse sexual da parte dela, de modo que, uma vez bem amarrada, eu pudesse escapulir – a boca quente e amorosa da mulher, o útero, lugar para homens que amam e não para... esse bêbado imaturo e egomaníaco... este... sabendo o que já sei com a minha experiência anterior e intuição interior, é caso de cair de joelhos na frente da mulher e pedir sua permissão, seu perdão por todos os meus pecados, protegê-la, fazer tudo por ela, morrer por ela mas pelo amor de Deus amá-la e amá-la até o fim de todas as maneiras possíveis – sei, psicanálise, dizem (secretamente com medo as poucas vezes que encostei nos pentelhos duros e ásperos feito barba malfeita, de negra e portanto um pouco mais ásperos, embora não tanto que chegasse a fazer alguma diferença, e o de-dentro em si sendo a meu ver o melhor, mais abundante, mais fecundo úmido quente e cheio de montanhas ocultas macias deslizantes, e também o vigor e força dos músculos sendo tantos que ela sem querer muitas vezes como um torno aperta e prende e dói, coisa que eu só percebi recentemente, tarde demais –). E assim a última remanescente dúvida fisiológica minha a de que essa contração e força uterina, responsável creio eu agora pela dor súbita insuportável cortante berrante que Adam sentiu da primeira vez que transou com ela e que ele acabou até indo parar no médico onde fez curativos e o escambau (e até depois quando Carmody chegou e fez um acumulador de orgones improvisado com um velho regador grande e estopa e materiais vegetativos colocando o negócio dele no negócio do regador para sarar), agora fico pensando desconfiado se a menina queria mais era arrebentar nós todos, se Adam também não desconfia é problema dele e ele não sabe, mas ela tinha uma contração fortíssima lá (a lésbica!) (sempre soube) e arrebentou e consertou Adam e não conseguiu fazer isso comigo mas tentou e tentou até me transformar nessa massa morta que eu sou agora – psicanalista, estou falando sério!

É demais. Começando, como dizia eu, com o incidente da carrocinha – na noite que bebemos vinho tinto no Dante's e estávamos nós dois numa de beber agora nós tão enojados daquilo – Yuri veio conosco, Ross Wallenstein estava lá e talvez para se mostrar para Mardou Yuri passou a noite inteira fazendo criancice dando tapinhas com os dedos na nuca de Wallenstein brincadeira boba de botequim mas Wallenstein (que vive apanhando de marginal por causa disso) virou para ele com um olhar rígido de caveira olhos arregalados por trás dos óculos, o rosto barbado azulado como Cristo, olhando rigidamente como se bastasse o olhar para derrubar Yuri, ficando um tempão sem falar, dizendo por fim, "Cara, não me torra", e virando para o outro lado e recomeçando a conversa com os amigos e Yuri faz de novo e Ross apela de novo para o mesmo tipo de defesa não-violenta indiana tipo Mahatma Gandhi impiedosa terrível subterrânea (de cuja existência desconfiei da primeira vez que ele falou comigo dizendo "Você é veado? você fala que nem veado" um comentário tão absurdo vindo dele porque tão provocador e eu com meus 85 quilos e ele uns 60 ou menos pelo amor de Deus aí eu pensei secretamente "Não você não pode brigar com esse sujeito ele só vai poder gritar e chamar a polícia e deixar você bater nele de novo e assombrar todos os seus sonhos depois, não é fácil derrubar fisicamente um subterrâneo, aliás eles não são fáceis de derrubar de nenhum jeito, são os mais inderrubáveis membros deste mundo desta nova cultura") – finalmente Wallenstein indo ao banheiro dar uma mijada e aí Yuri me disse, Mardou estando no balcão pegando mais três vinhos, "Vamos lá vamos lá no banheiro encher ele de porrada", e eu me levantei para ir com Yuri mas não para bater em Ross e sim para evitar que acontecesse alguma coisa – Yuri tendo sido de modo mais autêntico que eu quase um marginal, preso na prisão de Soledad por se defender numa briga braba num reformatório – Mardou parando nós dois quando estávamos indo para o banheiro dizendo, "Meu Deus se eu não seguro vocês" (rindo risinho envergonhado mardúnico sorrisinho e barulhinho) "vocês iam lá mesmo" – ex-amor de Ross e agora privada sem fundo da posição de Ross no afeto dela creio eu provavelmente igual à minha agora, ah que droga como espetam as pontas da página do tempo –

Indo de lá até o Mask como sempre, chope, mais bêbado ainda, depois saindo para voltar para casa, Yuri tendo acabado de chegar de Oregon sem ter onde dormir perguntando se tudo bem ele dormir na nossa casa, deixou Mardou responder que afinal a casa é dela, embora eu diga baixinho "OK" no meio da confusão, e Yuri vem para casa conosco – no caminho encontra uma carrocinha, diz "Entrem, eu sou o táxi e vou subir a ladeira empurrando vocês dois". – Tudo bem entramos, deitamos no fundo com aquele porre total que só mesmo vinho tinto dá, e ele empurra a gente desde North Beach até aquele parque fatal (onde ficamos naquela primeira tarde triste de domingo de meus sonhos e presságios) e seguimos em frente na carrocinha da eternidade, o Anjo Yuri empurrando, vejo só estrelas e vez por outra o alto de algum prédio – nenhum pensamento na cabeça de ninguém (exceto rapidamente na minha, talvez nas outras) sobre o pecado cometido, o pobre mendigo italiano que ficou sem a carrocinha – descendo a Broadway até a casa de Mardou no carrinho, uma hora eu saltei e empurrei os dois, Mardou e eu cantando bop a melodia de "Are the stars out tonight" e de porre – e de bobeira paramos a carrocinha na frente da casa de Adam e subimos, fazendo barulho – Dia seguinte, depois de dormir no chão com Yuri roncando no sofá, esperando por Adam como se doidos para contar nossa proeza, Adam chega do trabalho azul de raiva e diz "Mas será que vocês não percebem o mal que vocês fizeram a algum imigrante infeliz vocês nunca pensam nisso – mas ainda por cima sujar a minha barra colocando esse troço na frente do meu apartamento, e se a polícia descobre, qual é a de vocês". E Carmody me dizendo "Leo acho que você foi o responsável por essa obra-prima" ou "Você é que planejou essa jogada genial" ou coisa que o valha mas não fui eu – e nós o dia todo descendo a toda hora para olhar para a carrocinha que longe de ter sido achada pela polícia continua lá mas com o proprietário do prédio de Adam zanzando em volta dele, esperando quem vem atrás dela, achando que tem algo de suspeito na história toda, e ainda por cima a pobre bolsa de Mardou ainda lá dentro onde bebadamente a esquecemos e o proprietário finalmente confiscando a bolsa e aguardando o desenrolar dos acontecimentos (ela perdeu alguns dólares e a única bolsa que tinha). – "O máximo que pode acontecer, Adam, é a polícia achar a carrocinha, eles podem muito bem ver a bolsa, o endereço, e levar pra casa de Mardou mas aí é só ela dizer 'Ah finalmente minha bolsa' e pronto, não vai dar em nada." Mas Adam exclama, "Ah mas mesmo se não der em nada vocês sujaram feio meu apartamento, entram fazendo o maior esporro, deixam um veículo com placa e tudo na frente e aí me diz em que não vai dar em nada". E eu já previa que ele ficasse puto e já estou preparado e digo, "ah nem vem, você grita com quem quiser mas comigo não, que eu não levo desaforo pra casa – foi só uma brincadeira de bêbado", eu acrescento, e Adam diz, "A casa é minha e eu tenho o direito de ficar puto se –" aí eu jogo em cima dele as chaves (as chaves que ele havia feito para mim para eu poder entrar e sair quando quisesse) mas no mesmo chaveiro estão as chaves da casa da minha mãe e por uns momentos ficamos compenetrados tentando separar as chaves misturadas no chão e ele pega as dele e eu digo "Não peraí, essa aqui é minha, toma essa", e ele põe no bolso e pronto. – Quero me levantar e sair pela porta afora, como fiz na casa de Larry. – Mardou vê que estou a ponto de pirar de novo – em vez de ajudá-la a não pirar. (Uma vez ela me perguntou: "E se eu pirar, o que você vai fazer, você me ajuda? – E se eu entrar numa que você está a fim de me fazer mal?" – "Amor", disse eu, "eu vou tentar convencer você que eu não estou fazendo nada com você e aí você vai sair dessa, deixa que eu te projeto", a confiança do sujeito – ele que na verdade é quem está sempre pirando.) – Sinto grandes ondas de negra hostilidade, de ódio, maldade, destrutividade saindo de Adam sentado no canto, eu mal consigo permanecer sentado com todo aquele bombardeio telepático e mais todos os trecos de Carmody espalhados pela casa em malas, é demais – (mas é uma comédia, concordamos que depois isso tudo será uma comédia) – falamos de outras coisas – Adam de repente joga a chave de volta para mim, ela cai nas minhas coxas, e em vez de pendurá-la no dedo e ficar rodando (como se estivesse matutando, um canadense esperto pesando as possibilidades) eu que nem criança me levanto de um salto e ponho a chave no bolso com um risinho, para Adam se sentir melhor, e também para mostrar a Mardou como eu sou um "cara legal" – mas ela nem reparou, estava olhando para o outro lado – e assim agora que fizemos as pazes eu digo "E além disso a culpa foi do Yuri não tem nada a ver esse papo do Frank que eu que planejei e não sei que mais" – (essa carrocinha, essa escuridão, igualzinho a quando Adam no sonho profético desce a escada de madeira para ver o "patriarca russo", no sonho também tinha carrocinha) – Assim na carta que escrevo para Mardou em resposta àquela coisa linda que eu parafraseei, faço afirmações idiotas zangadas mas "fingindo ser um cara legal", tipo "tranqüilas, profundas, poéticas", como "É, eu fiquei mesmo com raiva e joguei as chaves de Adam em cima dela, porque 'amizade, admiração e poesia dormem no mistério respeitoso' e o mundo invisível é beatífico demais para ser arrastado até o tribunal das realidades sociais", ou outra besteira do gênero que Mardou deve ter olhado meio de banda – a carta, que era para ser tão afetuosa quanto a dela, aquela obra-prima de carinho outonal, começou com a confissão idiota se é que era mesmo confissão: "A última vez que eu escrevi uma carta de amor acabou saindo uma tremenda conversa fiada" (referência a uma carta escrita meses antes durante meu semicaso com Arlene Wohlstetter) "e aprecio a sua honestidade", ou "seus olhos honestos", e a frase seguinte era – a carta era para chegar no sábado de manhã para que ela sentisse minha presença carinhosa enquanto eu levava minha mãe tão trabalhadeira tão boa a seu passeio-compra anual à Market Street (velha proletária franco-canadense totalmente ignorante em relação ao traçado caótico das ruas de São Francisco) mas acabou chegando muito depois que eu a vi e foi lida enquanto eu estava lá, carta chata – não se trata de uma reclamação literária não, mas é que deve ter sido doloroso para Mardou, a falta de reciprocidade e a estupidez em relação à minha agressão dirigida a Adam – "Cara, você não tinha direito de berrar com ele, afinal a casa é dele, ele tem direito" – mas a carta era uma tremenda defesa desse "direito de berrar com Adam" e não uma resposta à carta amorosa dela –

O incidente da carrocinha não sendo importante em si, porém o que eu vi, o que meus olhos rápidos e paranóia ávida devoraram – um gesto de Mardou que me doeu no coração e ao mesmo tempo me fez duvidar do que eu estava vendo, da minha interpretação do que estava acontecendo, o que acontece muito comigo. – Tínhamos entrado e subido correndo e pulado na cama de casal acordando Adam e berrando e bagunçando e Carmody também sentado na beira da cama como se para dizer "Crianças crianças", cambada de bêbados – no meio da correria e brincadeira entre a sala e o quarto Mardou e Yuri acabaram juntos no sofá da sala, onde acho que nós três tínhamos nos jogado – mas, eu corri para o quarto, agitando, falando, e quando voltei vi que Yuri que sabia que eu estava voltando rolar do sofá para o chão enquanto Mardou (que provavelmente não sabia que eu estava voltando) esticava o braço em direção a ele como se dizendo AH SEU SACANA quase como se antes de sair do sofá ele tivesse tirado um sarro dela ou feito uma brincadeira assim qualquer – vi pela primeira vez os dois em plena juvenilidade da qual eu na minha seriice e escritorice não havia participado e na minha velhice que eu vivia me dizendo a mim mesmo "Você está velho seu filhadaputa sorte sua ganhar uma garotinha fofa como ela" (embora ao mesmo tempo eu tramasse, como já vinha fazendo há três semanas, um jeito de me livrar de Mardou, sem que ela ficasse sentida, até se possível "sem ela notar" de modo a poder voltar a uma vida mais confortável, como por exemplo ficar em casa a semana toda e escrever e trabalhar nos três romances para ganhar bastante grana e pintar na cidade de vez em quando só para curtir e se não fosse para ver Mardou então outra garota qualquer servia, era essa minha idéia de três semanas e que era na verdade a energia por trás ou a pelo menos energia superficial por trás da criação da Fantasia Ciumenta no Sonho do Sentimento de Culpa do Mundo em Volta da Nossa Cama) – agora eu via Mardou empurrando Yuri dizendo A H S E U e tive um calafrio e pensei que talvez alguma coisa estivesse acontecendo quando eu virava as costas – fiquei desconfiado também com a maneira rápida e imediata que Yuri rolou do sofá quando me ouviu chegar mas de modo culpado como se como eu disse um sarro ou mão-boba alguma carícia ilegal em Mardou que fez que ela apertasse os labiozinhos tipo beijoca para ele e empurrar que nem criança. – Mardou parecia uma criança e lembro a primeira vez que eu a vi quando Julien, enrolando baseados no chão, ela atrás dele recurvada, eu tinha explicado para eles por que eu não estava bebendo nada naquela semana (verdade, na época, devido a fatos ocorridos no navio em Nova York, que me assustaram, me fizeram dizer a mim mesmo "Se você continuar bebendo desse jeito você vai morrer você não consegue mais nem segurar um emprego bobo", aí voltando a São Francisco eu sem beber e todo mundo me dizendo "Ah você está com uma cara ótima"), dizendo aquela primeira noite quase cabeças coladas com Mardou e Julien, eles tão como crianças inocentes perguntando POR QUE quando eu respondi por que eu não estava mais bebendo, tão crianças ouvindo minha explicação que a primeira cerveja levava à segunda, as súbitas explosões de barriga e estrelas, a terceira lata, a quarta, "E aí eu entro numa de beber sem parar dias a fio e aí ninguém me segura cara, sabe, acho que virei alcoólatra" e eles tão crianças tão nova-geração não fazendo nenhum comentário, porém respeitosos, curiosos – no mesmo entrosamento com Yuri agora (idade) empurrando-o, dizendo, Ah Seu, a que eu bêbado não prestei muita atenção, e fomos dormir, Mardou e eu no chão, Yuri no sofá (tão infantil, indulgente, engraçado, e essas coisas todas) – primeira exposição à compreensão dos mistérios do sonho da culpaciúme levando, desde a noite da carrocinha, até a noite em que fomos à casa de Bromberg, a pior de todas.

Começando como sempre no Mask.

Noites que começam tão limpas reluzentes de esperança, vamos ver os amigos, telefones tocando, gente entrando e saindo, casacos, chapéus, frases, afirmações otimistas, animações metropolitanas, uma rodada de chope, outra rodada de chope, a conversa fica mais bonita, mais animada, corada, outra rodada, a meia-noite, madrugada, os rostos alegres corados agora enlouquecidos e aí o amigão trôpego dá dá ubá bab plof fumaça bêbada madrugada bobeira até que por fim o barman, como o profeta de Eliot, HORA DE FECHAR – desse modo mais ou menos chegando no Mask onde um garoto chamado Harold Sand entrou, um conhecido de Mardou de um ano atrás, jovem romancista parecido com Leslie Howard que a editora acabara de aceitar um livro dele e portanto ele tinha agora uma aura estranha para mim que eu queria devorar – interessado nele pelo mesmo motivo que por Lavalina, avidez literária, inveja – como sempre portanto prestando menos atenção a Mardou (na mesa) do que Yuri que agora estando sempre conosco não levantava nenhuma suspeita em mim, cujas queixas "Não tenho onde ficar – você imagina Percepied o que é não ter nem mesmo um lugar pra escrever? Não tenho garota, nem nada, o Carmody e o Moorad não me deixam mais ficar lá, aquelas duas tias velhas", não me abrindo os olhos, e já o último comentário que eu tinha feito sobre Yuri para Mardou foi, quando ele saiu, "Ele é igual àquele garanhão mexicano que chega e pega teu último cigarro", nós dois rindo porque toda vez que ela estava realmente na lona, tiro e queda, pintava sempre algum filão cara-de-pau – não que eu esteja chamando Yuri de filão (não vou criticar Yuri sob esse aspecto por motivos óbvios). – (Yuri e eu tínhamos tido uma longa conversa naquela semana num bar, tomando vinho do Porto, ele afirmava que tudo era poesia, eu tentei fazer a velha distinção entre poesia e prosa, ele disse, "Escuta Percepied você acredita em liberdade? – então me diz o que você quer, é poesia, poesia, é tudo poesia, a prosa mais genial é poesia, os poemas mais geniais são poesia." – "É" disse eu "mas poesia é poesia e prosa é prosa." – "Não não" ele berrou "é tudo poesia." – "Tudo bem", disse eu, "acredito que você acredita na liberdade e talvez você tenha razão, toma mais um vinho." E aí ele me leu o "melhor verso" dele que tinha a ver com "raramente noturno" e não sei que e eu falei que parecia poesia de revistinha literária e não era o melhor dele – como eu já tinha lido poemas dele bem melhores falando sobre a infância barra-pesada dele, sobre gatos, mães na sarjeta, Jesus andando na lata de lixo, aparecendo encarnado brilhando em respiradouros de cortiços favelas ou atravessando a passos largos um raio de luz – em suma o que ele sabia fazer e fazia bem – "Não, raramente noturno não é a tua" mas ele insistiu que era genial, "Eu diria que era genial se você tivesse escrito assim de improviso". – "Mas foi de improviso – saiu da minha cabeça e eu escrevi, parece que foi planejado mas não foi, foi plá! que nem você falou, visão espontânea!" – O que eu agora duvido embora ele dizer que "raramente noturno" pintou na cabeça dele espontaneamente me fez de repente sentir mais respeito pelo verso, alguma falsidade escondida debaixo do nosso vinho grita num bar da Kearney Street.) Yuri sempre grudado em Mardou e eu, toda noite quase – como uma sombra – e ele já conhecendo Sand de outras épocas, aí ele, Sand, entrando no Mask, jovem escritor de sucesso corado porém "irônico" e com uma grande multa de estacionamento saindo da lapela, caíamos os três em cima dele com avidez, o obrigamos a sentar na nossa mesa – a falar. – Logo depois da esquina tinha o 13 Pater para onde todos nós fomos, e no caminho (lembrança agora mais forte e agora com toques de dor da noite da carrocinha e grito de Mardou AH SEU) Yuri e Mardou começam a correr, empurrar, lutar na calçada e finalmente ela levanta uma caixa de papelão grande vazia e joga em cima dele e ele joga de volta nela, de novo que nem crianças – eu sigo à frente conversando com voz séria com Sand embora – ele também lance olhares para Mardou – por algum motivo não consigo (pelo menos não tento) comunicar a ele que ela é meu amor e que eu preferia que ele não ficasse tão descaradamente lançando olhares para ela, como aconteceu com Jimmy Lowell, um marinheiro negro que telefonou no meio duma festa na casa de Adam, e veio, com um camarada dele escandinavo, olhando para Mardou e eu, desconfiado, me perguntou "Você transa com ela sexo?" e eu disse que sim e na noite seguinte depois do show no Red Drum em que Art Blakey bateu como um possesso e Thelonious Monk suando líder da geração com seus acordes de cotovelo, olhando para a banda com olhar louco regendo, o monge e santo do bop eu ficava repetindo para Yuri, e Jimmy Lowell muito tranqüilo na dele hip se vira para mim e diz "Eu estava a fim de transar com a tua menina", (como nos velhos tempos eu e Leroy sempre trocando de garota e por isso não fico chocado), "tudo bem com você se eu der um toque nela?" e eu dizendo "Ela não é esse tipo de menina, garanto que com ela é só um de cada vez, se você falar com ela é isso que ela vai te dizer bicho" (naquela época ainda não sentia dor nem ciúme, aliás isso foi na véspera da Noite do Sonho do Ciúme) – incapaz de comunicar a Lowell que era – que eu queria Mardou – só p-p-p-p-pra mim – incapaz de abrir o jogo logo de uma vez e dizer, "Escuta, essa garota é minha, qual é a tua, se você está a fim de ganhar ela, vai ter que sair no pau comigo, ouviu, você entendeu muito bem". – Assim com um garanhão, assado com Sand sujeito educado fino rapaz muito interessante, tipo, "Sand, Mardou é minha garota e eu preferia, etc." – mas ele está a fim dela e é por isso que ele fica conosco e vai até o 13 Pater conosco, mas é Yuri que começa a lutar com ela e desbundar no meio da rua – assim quando saímos do 13 Pater depois (bar de sapatão meio decadente agora, não tem nada a ver, e ano passado estava cheio de anjos de camisa vermelha saídos das páginas de Genet e Djuna Barnes) eu entro no banco da frente do velho carro de Sand, ele pelo menos vai levar a gente até em casa, eu sento ao lado dele perto da embreagem para poder conversar melhor e de novo de porre evitando a feminilidade de Mardou, deixando lugar para ela sentar do meu lado à janela – em vez do que ela simplesmente senta em cima do banco e pula para trás onde já está Yuri, para lutar e ficar de brincadeira com ele e agora com tanta intensidade que eu tenho medo de olhar para trás e ver com meus próprios olhos o que está acontecendo e como o sonho (o sonho que eu anunciei a todo mundo e dei tanta importância e contei até para Yuri) está se realizando.

Paramos na frente da casa de Mardou na Heavenly Lane e bêbada agora ela diz (Sand e eu bêbados tendo resolvido ir até Los Altos nós todos e pintar na casa de Austin Bromberg e armar a maior festa) "Se você vai mesmo na casa do Bromberg em Los Altos vocês dois vão, eu e o Yuri vamos ficar" – senti uma dor tão forte no coração – tão forte que senti uma felicidade má por ouvir aquilo pela primeira vez e a confirmação me coroou e me abençoou.

E pensei, "É rapaz eis a tua oportunidade de se livrar dela" (coisa que eu vinha tramando há três semanas) mas quando isso bateu dentro do meu próprio ouvido achei tremendamente falso, eu não acreditava mais nisso, mais em mim.

Mas na calçada antes de entrar Yuri vermelho me toma pelo braço enquanto Mardou e Sand vão na frente subindo a escada da cabeça de peixe, "Escuta, Leo, eu não quero ganhar Mardou não, de jeito nenhum, ela é que vive dando em cima de mim, quero que você saiba que eu não estou a fim dela, eu só quero é se você vai mesmo lá ficar pra dormir na tua cama porque amanhã eu tenho um compromisso." – Mas agora sou eu que não sei se fico na Heavenly Lane essa noite porque Yuri vai estar lá, aliás já está até na cama como se dizendo "Sai dessa cama pra ela poder deitar também, vai dormir naquela poltrona desconfortável". – Assim isso mais do que qualquer outra coisa me faz concordar com Sand (também relutante) que vale a pena a gente ir até Los Altos e acordar Bromberg, e eu viro para Mardou com olhos que dizem ou dão a entender, "Pode ficar com Yuri sua puta" mas ela já está às voltas com a minha bolsa de viagem ou de fim de semana e já está botando dentro minha escova de dentes escova de cabelo e as coisas dela também porque ela resolveu que vamos nós três – e é o que fazemos, deixando Yuri deitado. – No caminho, perto de Bayshore, noite de estradona e luz de poste, agora só um suplício para mim e a perspectiva do "fim de semana" na casa de Bromberg uma coisa horrível, vergonhosa, não agüento mais e olho para Mardou assim que Sand salta para comprar hambúrgueres num trailer, "Você passou para o banco de trás com Yuri por que você fez isso? e por que você disse que queria ficar com ele?" –"Foi bobagem minha, é só que eu estava muito doida amor." Mas agora soturnamente não quero mais acreditar nela – a arte é curta, a vida é longa – agora o monstro do ciúme floresceu totalmente em forma de dragão se abriu dentro de mim, "Você e Yuri ficam brincando os dois o tempo todo, é como no sonho que eu te contei, isso é que é horrível – ah eu nunca mais vou acreditar em sonhos que viram realidade". – "Mas amor não é nada disso" mas eu não acredito nela – está na cara que ela gosta do rapaz – ninguém consegue tapear um veterano que aos dezesseis anos mesmo antes de a Grande Guerra Mundial Imperial arrancar a inocência do coração se apaixonou por uma volúvel mentirosa impossível, estou contando vantagem – me sinto tão enojado que não dá para agüentar, me encolho todo no banco de trás, sozinho – o carro segue em frente, e Sand que estava crente que ia passar um fim de semana animado de altos papos de repente se vê às voltas com casal de namorados emburrados amargurados, ouve até a frase "Mas eu não queria que você entrasse nessa amor" o que tão claramente o faz lembrar do lance com Yuri – se vê às voltas com esses dois chatos e tem que ir dirigindo até Los Altos, e assim com a mesma fibra com que conseguiu escrever um romance com meio milhão de palavras ele assume a barra e toca o carro pela península abaixo noite afora e madrugada adentro.

Chegando na casa de Bromberg em Los Altos ao nascer do dia, parando o carro, e tocando a campainha nós três sem graça eu mais que todos os outros – e Bromberg desce logo, na mesma hora, com grandes berros de satisfação "Leo eu nem sabia que vocês se conheciam" (referindo-se a Sand, a quem ele muito admirava) e entramos para tomar rum com café na louca famosa cozinha de Bromberg. – Bromberg, o cara mais incrível do mundo com cabelinho escuro encaracolado como a garota hip Roxanne fazendo cobrinhas na testa e os olhões realmente angelicais brilhando, mexendo, um bebezão balbuciante, grande gênio conversador, fez pesquisa e escreveu ensaios e tem (e é famoso por isso) a maior biblioteca particular concebível do mundo, ali mesmo naquela casa, biblioteca por causa da erudição e também por ter boa renda – casa herdada do pai – também de repente virou amigão do peito de Carmody e os dois estavam até para ir juntos até o Peru, curtir os garotões índios e conversar e falar sobre arte e visitar literatos e esse tipo de lance, todos esses assuntos tanto coisa assim que Mardou vivia ouvindo (papos bichais, cultos) desde que ela começou a transar comigo que a essa altura ela já estava cansada de vozes empostadas e requinte explícito, refinamento enfático de expressão, do qual o extático quase espástico Bromberg grandalhão de olhões buliçosos é quase o grão-mestre, "Ah meu querido eu acho uma coisa simplesmente encantadora e a meu ver muito MUITO melhor que a tradução de Gascoyne embora eu ache que –" e Sand imitando Bromberg igualzinho, de algum encontro recente e famoso e mútua admiração – assim os dois ali naquele amanhecer emocionante (para mim teria sido, no passado) da Grande Metrópole Roma-São Francisco abordando assuntos lítero-músico-artísticos, cozinha bagunçada, Bromberg subindo escada correndo (de pijama) para pegar grossas edições francesas de Genet ou velhas edições de Chaucer ou lá o que ele e Sand estivessem falando, Mardou dos cílios negros ainda pensando em Yuri (eu pensando) sentada no canto da mesa da cozinha, com o café com rum esfriando – ah e eu num banquinho, magoado, arrasado, injuriado, piorando, bebendo uma xícara depois da outra e me embebedando com aquela mistura espessa – passarinhos começando a cantar finalmente por volta das oito e o vozeirão de Bromberg, uma das vozes mais possantes que existem, arrancando das paredes da cozinha grandes ressonâncias trêmulas profundas extáticas – ligando a vitrola, casa cara bem equipada totalmente transada, vinho francês, geladeiras, vitrola de três velocidades e caixas de som, adega etc. – quero olhar para Mardou e não sei com que expressão – na verdade meu medo é olhar é ver a súplica nos olhos dela dizendo "Não fica preocupado, amor, eu te disse, eu confessei que foi bobeira minha, desculpa desculpa desculpa –" aquele olhar de "desculpa" me machucando mais que tudo quando olho de lado para vê-lo...

Não há o que fazer quando até os passarinhos estão desolados, o que eu menciono a Bromberg, ele perguntando, "Quequicetem hoje Leo?" (com olhadela saltitante sob sobrancelhas para me ver melhor e fazer rir). – "Nada, Austin, é só que hoje quando eu olho pela janela os passarinhos estão desolados." – (E antes quando Mardou subiu para ir ao banheiro eu mencionei, barbado, esquálido, bobamente bêbado, a esses eruditos cavalheiros, algo a respeito de "inconstância", que deve ter espantado os dois porém) – ó inconstância!

Assim eles tentam curtir na medida do possível apesar da minha palpável infeliz casmurrice de um lado para outro, enquanto ouvem óperas de Verdi e Puccini na grande biblioteca do segundo andar (quatro paredes do teto ao chão com coisas como Explicação do Apocalipse em três volumes, obras e poemas completos de Christopher Smart, isso completo e aquilo completo, apologia de não-sei-que escrita para não-sei-quem em 1839, em 1638 –). Me aproveito da primeira oportunidade para dizer, "Vou dormir" já são onze horas, tenho direito de estar cansado, estava sentado no chão, e Mardou com majestade de grande dama esse tempo todo na cadeira espreguiçadeira no canto da biblioteca (onde uma vez eu vi o famoso Nick Spain que só tinha um braço sentar quando Bromberg numa época mais feliz e antiga tocou para nós a gravação original de *The Rake's Progress*) com uma cara tão, tão, trágica, perdida – tão magoada com minha mágoa – por minha tristeza emprestada à tristeza dela – acho que sensível – que a uma certa altura num ímpeto de perdão, de necessidade, saio correndo e sento aos pés dela e encosto cabeça em joelho dela na frente dos dois que a essa altura já não estão mais nem aí, profundamente absortos na música, nos livros, na conversa brilhante (igual à qual não há nada no mundo, aliás, e isso também, embora agora já cansado, atravessa meu cérebro com sede de epopéias e vejo todo o plano geral de minha vida, todos os conhecidos, amores, preocupações, viagens se erguendo de novo numa grande massa sinfônica mas agora estou começando a não ligar muito mais por causa desses 55 quilos de mulher e negra ainda por cima cujas pequeninas unhas, vermelhas nas sandálias de dedo, me dão um troço na garganta) – "Ah Leo meu querido, você parece estar TÃO entediado!" – "Entediado! nunca! como é que eu poderia ficar entediado aqui!" – Quem dera que houvesse uma maneira decente de dizer a Bromberg, "Toda vez que eu venho aqui eu estou sempre numa péssima, deve parecer que isso é algum comentário terrível sobre a tua casa e a tua hospitalidade mas não é não, será que você não vê que hoje meu coração está partido e lá fora só tem desolação" (e como explicar a ele que da outra vez que eu estive aqui, novamente sem ter sido convidado, entrando ao amanhecer com Charley Krasner e a garotada toda e Mary, depois veio mais gente, rolou gim e cerveja, tomei o maior porre, aprontei, fiquei perdido, depois também fiquei jururu num canto e acabei até dormindo no chão no meio da sala na frente de todo mundo em pleno dia – e por motivos tão diferentes de agora, mas de novo como se comentário sobre fim de semana na casa de Bromberg) – "Não Austin é que estou doente –." E certamente Sand já deve ter dado um toque nele discretamente num sussurro que havia algum problema entre os dois namorados, Mardou estando também calada – uma das visitas mais estranhas a pintar no Bromberg, uma pobre moça preta beat subterrânea com roupas as mais pobres possíveis (graças a minha grande generosidade), no entanto com rosto tão estranho, solene, sério, como um estranho solene provável anjo que ninguém chamou na casa – sentindo, como ela me disse depois, que ninguém queria saber dela devido às circunstâncias. – Assim eu tiro o corpo fora, da situação, da vida, de tudo, vou dormir no quarto (onde da outra vez eu e Charley dançamos mambo nus com Mary) e caio exausto no meio de novos pesadelos acordando cerca de três horas depois, na tarde torturantemente pura, limpa, clara, sadia, alegre, pássaros ainda cantando, agora crianças cantando, como se eu fosse uma aranha despertando num armário empoeirado e o mundo não fosse para mim e sim para outras criaturas mais arejadas e mais constantes e também menos susceptíveis à mácula da inconstância –

Enquanto durmo os três pegam o carro de Sand e (apropriadamente) vão até a praia, trinta quilômetros, Sand e Bromberg caem n'água, nadam, Mardou perambula pela praia da eternidade seus pés e dedinhos que eu adoro apertar contra a areia pálida contra as conchinhas e anêmonas e esfarrapadas algas secas há muito jogadas na areia e o vento despenteando-lhe os cabelos curtos, como se a Eternidade se encontrasse com a Heavenly Lane (pensava eu na cama) (vendo-a também perambulando emburrada, sem saber o que fazer, abandonada por Leo a Vítima e realmente sozinha e incapaz de ficar falando sobre todos os fulanos beltranos e sicranos do mundo das artes com Bromberg e Sand, o que fazer?) – Assim quando eles voltam ela vem até o quarto (depois da entrada preliminar esporrenta de Bromberg subindo a escada como um louco e entrando pela porta adentro berrando "ACORDA Leo você não vai ficar dormindo o dia inteiro a gente foi à praia, não é justo!") – "Leo", diz Mardou, "eu não quis dormir com você porque eu não queria acordar na cama do Bromberg às sete da noite, seria demais, eu não consigo –" quer dizer, a terapia dela (que ela não freqüentava mais por pura passividade de andar comigo e a minha turma e as biritadas), os grilos dela, aquele peso imenso agora esmagador e medo de enlouquecer aumentando nessa vida completamente desregrada terrível e caso não correspondido comigo, para acordar horrorizada de ressaca na cama de um estranho (simpático que porém nem por isso a recebera tão bem assim), ao lado de Leo esse pobre incapaz. – De repente olhei para ela, ouvindo não essas tristes queixas concretas e sim curtindo naqueles olhos a luz que havia brilhado sobre Yuri e não era culpa dela se podia brilhar sobre todo o mundo o tempo todo, minha inconstante –

"Você está sendo sincera?" – ("Meu Deus você me dá medo", disse ela depois, "você de repente me faz pensar que eu fui duas pessoas diferentes e traí você com uma delas, com uma pessoa, e essa outra pessoa – realmente me deu medo –") mas quando eu pergunto isso, "Você está sendo sincera?", a dor que eu sinto é tão grande, acaba de renascer com forças renovadas daquele sonho caótico ensurdecedor ("Deus quer que nossa vida não seja tão cruel quanto nossos sonhos", citação que eu vi outro dia Deus sabe onde) – sentindo tudo isso e lembrando todas as outras vezes que eu despertei horrorizado com ressaca na casa de Bromberg e todas as vezes que acordei com ressaca na vida, achando agora, "Rapaz, este é o verdadeiro começo do fim, você não vai conseguir continuar nessa por muito mais tempo, tua carne concreta não vai agüentar mais essa indefinição e não vai continuar concreta por muito tempo se a tua mente continuar a cair de pau nela – cara, você vai morrer, quando os passarinhos ficam desolados – é o sinal –". Mas pensamentos piores rugem ainda, visões da minha obra largada pelo meio, meu bem-estar (ah meu suposto bem-estar ataca de novo) destruído, cérebro já permanentemente lesado – idéias de trabalhar na rede ferroviária – ó Deus toda essa multidão de ilusões bestas e todos os disparates e loucuras que erigimos em lugar de amorúnico, em nossa tristeza – mas agora com Mardou debruçada em cima de mim, cansada, solene, sombria, enquanto brincava com a feiúra barbada do meu queixo capaz de enxergar bem no fundo de mim meu horror e capaz de sentir toda vibração de dor e futilidade que eu enviasse, o que é também atestado por ela entender "Você está sendo sincera?" como uma súplica vinda do fundo do fundo – "Amor, vamos pra casa".

"Vamos ter que esperar até o Bromberg sair, pegar o trem com ele – eu acho –." Então me levanto, entro no banheiro (onde eu já tinha estado antes quando eles na praia e teci fantasias sexuais lembrando a vez, num outro fim de semana na casa de Bromberg ainda mais louco e mais antigo, Annie coitada com rolinhos no cabelo e cara lavada e Leroy coitado no outro quarto pensando que diabo a mulher dele estaria fazendo, e Leroy depois saindo de carro desesperado no meio da noite entendendo que nós dois devíamos estar aprontando alguma dentro do banheiro e assim lembrando agora a dor que causei a Leroy naquela manhã só para saciar um pouco a sanha desse verme serpente chamada sexo) – entro no banheiro e me lavo e me acalmo e tento ficar mais animado.

Mas não consigo encarar Mardou de frente – no meu coração, "Ah por que você fez aquilo?" – sentindo, no meu desespero, a profecia do que está por acontecer.

Como se não fosse bastante foi nesse dia que à noite houve a grande festa na casa de Jones, a noite que eu saltei de repente do táxi de Mardou e a abandonei aos cães de guerra – a guerra que o homem Yuri move contra o homem Leo, cada um. – Começou com Bromberg dando telefonemas e juntando presentes de aniversário e se aprontando para pegar o ônibus pegar o 151 às 16h47 para a cidade, Sand nos levando de carro (que turma melancólica) até o ponto de ônibus, onde tomamos um traguinho rápido no bar do outro lado da rua enquanto Mardou a essa altura envergonhada não só por si própria mas por mim também fica no banco de trás do carro (embora exausta) mas em plena luz do dia, tentando cochilar um pouco – no fundo tentando encontrar um jeito de sair da armadilha que eu só podia ajudá-la a sair se me dão mais uma oportunidade – no bar, eu parenteticamente desbundado de ouvir Bromberg continuar com grandes comentários grandiloqüentes esfuziantes sobre arte e literatura e até mesmo meu Deus histórias de veado enquanto soturnos fazendeiros do vale de Santa Clara bebem em grandes goles, Bromberg nem se toca do impacto fantástico que ele tem sobre o comum dos mortais – e Sand curtindo, ele próprio aliás também esquisitíssimo – porém detalhes menores. – Saio para avisar Mardou que resolvemos pegar outro trem mais tarde para poder voltar para casa pegar embrulho esquecido o que para ela é mais um vaivém de futilidade, ela recebe a notícia com lábios muito sérios – ah meu amor minha querida perdida (palavras fora de moda) – se eu soubesse naquele momento o que sei agora, em vez de voltar para o bar, para continuar a conversa, e olhar para ela com olhos ofendidos, etc., e deixá-la deitada naquele desolado mar de tempo desprezada desconsolada e desperdoada pelo pecado do mar do tempo eu teria entrado e sentado ao lado dela, pegando a mão dela, prometendo a ela minha vida e minha proteção – "Porque eu te amo e não há motivo" – mas naquela hora longe de ter consciência completa absoluta desse amor, eu ainda estava pensando que estava começando a sair de minhas dúvidas a respeito dela – mas o trem chegou, finalmente, o 153 às 17h31 depois de todas as nossas idas e vindas, entramos, seguimos rumo à cidade – atravessando South San Francisco e passando por minha casa, um encarando o outro nos bancos do trem, passando pelos grandes entroncamentos de Bayshore e eu alegre (tentando ser alegre) apontando para um vagão de carga colado naquele outro é pra descarregar sucata que vocês vêem trêmula ao longe, pô! – mas a maior parte do tempo sentado desolado sob os dois olhares e dizendo finalmente, "Sabe, acho que estou ficando com nariz vermelho de bebum" – qualquer coisa que pintasse na cabeça para aliviar a pressão do que eu realmente tinha vontade de chorar – mas a maior parte do tempo mesmo nós três realmente tristes, juntos no trem rumo à badalação, o horror, a bomba H final.

– Despedindo de Austin finalmente numa esquina borbulhante da Market Street onde Mardou e eu perambulamos por entre grandes multidões macambúzias numa massa confusa, como se estivéssemos de repente perdidos na manifestação física da condição mental em que estávamos vivendo juntos há dois meses, nem mesmo de mãos dadas porém eu ansioso na frente abrindo alas por entre as multidões (para sair de lá depressa, detestando) mas no fundo porque eu estava "magoado" demais para dar a mão a ela e lembrando (agora com dor ainda maior) a insistência habitual dela de que eu não devia andar de mãos dadas com ela em público porque as pessoas vão achar que ela é uma puta – terminando, na tarde clara triste perdida, descendo a Price Street (ó fatal Price Street) rumo à Heavenly Lane, por entre as crianças, as menininhas mexicanas bonitas cada uma me fazendo pensar com desprezo "Ah quase que todas elas são melhores que Mardou, eu tenho mais é que ganhar uma delas... mas ah, ah" – nem eu nem ela falando, e tanta mortificação nos olhos dela que no lugar onde antes eu via aquele afeto índio que me levara a dizer a ela, numa noite alegre à luz de velas, "Amor o que eu vejo nos teus olhos é uma vida cheia de afeição não só pelo teu sangue índio mas também pelo sangue negro de algum modo você é a mulher primeira, essencial e portanto a mais, a mais originariamente completamente afetuosa e maternal" – agora ali também mortificação, algum perdido acréscimo de estado de espírito americano – "O Éden fica na África", eu disse uma vez – mas agora no meu ódio mágoa virando para o outro lado e assim descendo a Price Street com ela toda vez que vejo uma garota mexicana ou negra eu digo a mim mesmo, "putas", são todas iguais, sempre tentando te enganar e te roubar – pensando em todas as relações no passado com elas – Mardou sentindo essas ondas de hostilidade vindo de mim e calada.

E quem eu encontro na nossa cama na Heavenly Lane senão Yuri – alegre – "Pô trabalhei o dia todo, fiquei tão cansado que tive que voltar e descansar mais um pouco." – Resolvo contar tudo a ele, tento formar as palavras na boca, Yuri vê meus olhos, sente a tensão, Mardou sente a tensão, uma batida na porta e entra John Golz (sempre romanticamente interessado em Mardou de um jeito mais inocente), sente a tensão, "Vim pedir um livro emprestado" – expressão carrancuda no rosto dele lembrando o jeito como eu o humilhei no papo sobre seletividade – e aí sai logo, com o livro, e Yuri levantando da cama (enquanto Mardou se esconde atrás do biombo para tirar roupa de festa e botar jeans de andar em casa) – "Leo me vê minha calça." – "Levanta e pega você, elas estão bem ali na cadeira, Mardou não está vendo você" – frase esquisita, sensação esquisita na minha mente e olho para Mardou que está calada e ensimesmada.

Assim que ela entra no banheiro eu digo a Yuri "Estou morrendo de ciúme por causa de você e Mardou no banco de trás do carro ontem à noite cara, estou mesmo". – "Não foi culpa minha, foi ela que começou." – "Escuta, você é tão – sabe, não deixa ela, se afasta – você é tão gostosão que tudo quanto é mulher fica a fim de você" – dizendo isso exatamente na hora que Mardou volta, olhando atenta sem ouvir as palavras mas sentindo a coisa no ar, e Yuri imediatamente agarra a porta ainda aberta e diz "Bem eu estou indo pro Adam vejo vocês lá depois".

"O que você falou pra ele?" – Eu repito palavra por palavra o que eu disse – "Meu Deus a tensão aqui estava insuportável" – (sem graça percebo que em vez de ser severo e mosaico com Yuri na minha situação enciumada em vez disso conversei com papo nervoso de "poeta" com Yuri, como sempre, comunicando a tensão mas não a substância dos meus sentimentos em palavras –sem jeito relembro minha sem-jeitice – vontade triste de ver o velho Carmody não sei por quê –"

"Amor vou – será que tem galinha na Columbus? – Vi umas lá – E vou preparar, sabe, vamos comer uma galinha gostosa no jantar." – "Mas", penso eu com meus botões, "que adianta um bom jantar doméstico com galinha se você gosta tanto de Yuri que ele tem que sair assim que você entra por causa da pressão do meu ciúme e a sua possibilidade tal como foi profetizado no sonho?" "Quero" (em voz alta agora) "falar com o Carmody, estou triste – você fica aqui, prepara a galinha, come – sozinha – eu volto depois e te pego." – "Mas sempre começa assim, a gente sempre sai, a gente nunca fica sozinho." – "Eu sei mas hoje eu estou triste e preciso falar com Carmody por algum motivo não me pergunta por que estou com um desejo tremendo e triste de – afinal eu fiz o desenho dele outro dia mesmo" (eu havia feito meus primeiros desenhos a lápis de figuras humanas deitadas que deixaram Carmody e Adam de queixo caído e por isso eu estava orgulhoso) "e além disso ao fazer aqueles desenhos do Frank aquele dia vi tanta tristeza nas rugas em volta dos olhos dele que sei que ele –" (com meus botões: sei que ele vai entender como estou triste agora, sei que ele já sofreu desse jeito em quatro continentes). – Hesitante Mardou não sabe para que lado se virar mas de repente conto a ela sobre minha rápida conversa com Yuri o trecho que eu havia esquecido de contar da primeira vez (e agora também) "Ele me disse 'Leo eu não quero ganhar a tua garota Mardou, afinal não estou a fim –'." "Ah, então ele não está a fim! Muito legal da parte dele!" (os mesmos dentinhos felizes agora portais por onde passam ventos irados, e os olhos dela faíscam) e percebo aquela ênfase nos is típica de viciado igual a muitos viciados que eu conheço, ela acentua os is que nem eles, por algum motivo interno pesado sonolento, que no caso de Mardou eu atribuía a sua surpreendente modernidade tirada (como uma vez lhe perguntei) "De onde? onde foi que você aprendeu tudo que você sabe e esse jeito incrível de falar?" mas agora ouvir aqueles is interessantes me dá raiva por estar no meio duma frase sobre Yuri em que ela claramente mostra que na verdade não tem nada contra ver Yuri de novo numa festa ou em qualquer outro lugar, "se ele vai ficar falando desse jeito que não está a fim", ela vai dizer a ele. – "Ah", digo eu, "agora você QUER ir à festa no Adam, porque aí você pode ficar quites com ele e cortar a dele – você é tão transparente!"

"Meu Deus", estamos caminhando por entre os bancos do parque da igreja triste parque de todo o verão, "agora você está me xingando, de transparente".

"É, é isso sim, você pensa que eu sou bobo, primeiro você não queria ir no Adam e agora que você sabe que –

ah deixa pra lá se isso não é transparente eu não sei o que é." – "Sim senhor quer dizer que eu sou transparente meu Deus" (barulhinhos riso) e nós dois histericamente sorrindo como se nada houvesse acontecido como pessoas felizes sem preocupações que você vê no jornal da tela apressadas andando pela rua indo para o trabalho e estamos os dois no mesmo mistério chuvoso de jornal da tela mas dentro de nós (como também deve ser dentro dos bonecos cinematográficos da tela) o grande tumulto turbulento tumescente aliterativo como martelo no crânio na carcaça na cara nos colhões, mas por que que eu fui nascer...

Para piorar, como se ainda não fosse bastante, todo o mundo se descortina quando Adam abre a porta curvando-se solenemente mas com um brilho e um segredo nos olhos e uma espécie de relutância que me atiça assim que eu percebo – "O que foi?" Então sinto a presença de outras pessoas além de Frank e Adam e Yuri. – "Temos visitas." – "Ah", digo eu, "visitas distintas?" – "Acho que sim. – "Quem?" – "MacJones e Phyllis." – "O quê?" (eis que chegou o grande momento quando me vejo face a face, se não vou embora, com meu arquiinimigo literário Balliol MacJones antigamente tão íntimo meu que a gente derrubava cerveja um em cima do outro no auge da animação conversadeira, falávamos e trocávamos e emprestávamos e líamos livros e literatizávamos tanto que o pobre inocente acabou de certo modo influenciado por mim, quer dizer, só no sentido que aprendeu a fala e o estilo, basicamente a história da geração hip ou beat ou subterrânea e eu disse a ele "Mac, escreve um grande livro sobre tudo que aconteceu quando o Leroy foi pra Nova York em 1949 e conta tudo mas tudo mesmo e manda brasa!" O que ele fez, e depois eu li, criticamente Adam e eu em visitas a seu apartamento nós dois fazendo restrições ao livro mas quando foi publicado adiantaram para ele 20 mil dólares uma quantia inédita e todos nós que éramos beat perambulando por North Beach e Market Street e Times Square quando em Nova York, embora Adam e eu tivéssemos solenemente reconhecido "Jones não é um dos nossos – é de outro mundo – o mundo dos babacões urbanóides" (puro adamismo). E assim o grande sucesso dele tendo chegado na hora que eu estava mais duro e mais desprezado pelos editores e pior ainda paranóico viciadão em drogas eu fiquei revoltado mas não puto demais, mas fiquei revoltado assim mesmo, mudando de idéia depois que o velho Tempo brandiu a foice dele algumas vezes e diversos infortúnios e viagens, escrevendo cartas para ele pedindo desculpas que eu depois rasgava, ele também ao mesmo tempo escrevendo cartas, e então, um ano depois Adam bancando uma espécie de santo e mediador comunicou a nós dois que nos dois lados havia tendências favoráveis – o grande momento quando eu teria de encarar Mac e apertar a mão dele e dizer deixa isso pra lá, largar o rancor – sem causar a menor impressão em Mardou, que é tão independente e inacessível agora nessa sua nova maneira de ser que me parte o coração. Mas MacJones estava lá, imediatamente eu falei bem alto "Ótimo, maravilhoso, eu ando a finzão de falar com ele", e entrei logo na sala e estendi o braço por cima da cabeça de alguém que estava se levantando (Yuri) para apertar a mão de Balliol com força, depois fiquei um tempo sentado encucando, nem reparei como a coitada da Mardou havia conseguido se situar (aqui como no Bromberg como em todo lugar pobre anjo negro) – finalmente indo para o quarto incapaz de aturar a conversa educada de todo mundo não apenas Yuri mas também Jones (e também Phyllis mulher dele que ficava o tempo todo olhando para mim para ver se eu continuava maluco), corri até o quarto e fiquei deitado no escuro e na primeira oportunidade tentei fazer com que Mardou deitasse a meu lado mas ela disse "Leo não estou a fim de ficar aqui deitada no escuro". – Yuri então veio, pôs uma das gravatas de Adam, dizendo, "Vou sair e descolar uma garota", e aí surge uma espécie de harmonia cochichatória entre nós dois longe dos outros na sala – tudo está perdoado. – Mas fico achando que Jones como não se levanta do sofá não está a fim de conversar comigo e provavelmente no fundo quer mesmo é que eu vá embora, quando Mardou aparece de novo na minha cama de vergonha e dor e esconderijo, eu digo, "Sobre o que que vocês estão falando lá, sobre bop? Não diz nada a ele sobre música." – (Ele que descubra sozinho! digo eu a mim mesmo mesquinhamente.) – Eu é que sou o escritor bop! – Mas como me encarregam de descolar cerveja lá embaixo, quando volto com a cerveja todo mundo está na cozinha, Mac em destaque, sorridente, dizendo, "Leo! deixa eu ver os tais desenhos que me disseram que você fez, eu quero ver". – E assim ficamos amigos outra vez curvados sobre os desenhos e Yuri resolve mostrar os dele também (ele desenha) e Mardou está lá na sala, novamente esquecida – mas é um momento histórico e nós também com Carmody examinamos as fotos desoladas que Carmody tirou na América do Sul de aldeias no meio da selva ou no alto dos Andes onde se vêem nuvens passando, e reparo nas roupas caras bonitas de Mac, relógio de pulso, me sinto orgulhoso por ele e agora ele está com um bigodinho simpático que lhe dá um ar de maturidade – o que eu anuncio para todo mundo – a cerveja agora animando a todos, e então a mulher dele Phyllis começa a preparar um jantar e a sociabilidade é geral –

Na sala de luz vermelha já vejo Jones sozinho com Mardou fazendo perguntas, como se a entrevistasse, vejo que ele está sorrindo e dizendo para si mesmo "Percepied arranjou mais uma garota incrível" e eu por dentro me roendo, "É, mas por quanto tempo" – e ele está ouvindo Mardou, a qual, impressionada, prevenida, sabendo tudo, faz afirmações solenes sobre o bop como "Não gosto de bop, não gosto mesmo, pra mim é que nem heroína, tem tanto viciado que é músico de bop que quando eu ouço é como se eu ouvisse heroína". – "Bem", Mac endireitando os óculos, "isso é interessante." – E eu me aproximo e digo, "Mas a gente nunca gosta da coisa de onde a gente saiu" (olhando para Mardou). – "O que você quer dizer?" – "Você é filha do Bop", ou coisa que o valha, e Mac concorda comigo – de modo que quando depois toda a turma sai para prolongar as festividades pela noite adentro, e Mardou, usando o casaco preto de veludo comprido de Adam (comprido para ela) e um cachecol louco comprido também, parecia uma menina ou menino subterrâneo polonês num esgoto por baixo da cidade uma gracinha tão hip, e na rua sai de um grupo e vem para o grupo em que eu estou, e estendo o braço quando ela chega perto (estou com o chapéu de feltro de Carmody na minha cabeça bem tipo hipster só de gozação e ainda minha camisa vermelha, já defunta de tantos fins de semana) e levanto a pequenina do chão e a aperto contra mim e sigo em frente carregando-a, ouço Mac exclamando com aprovação "Pô!" e "Isso!" risos no fundo e penso orgulhoso "Ele agora sabe que estou com uma garota realmente genial – que não morri mas ainda estou indo em frente – velho Percepied de sempre – nunca envelhecendo, sempre aí, com os jovens, as novas gerações –." Grupo bem heterogêneo Adam Moorad de smoking completo que ele na véspera pediu emprestado a Sam para poder ir a uma estréia com entradas grátis que ele arrumou no trabalho – marchando calçada abaixo rumo ao Dante's e o Mask como sempre – o Mask, sempre o Mask – o Dante's onde no auge da animação social e do papo muitas vezes tentei olhar Mardou nos olhos e trocar olhares com ela mas ela parecia relutante, distante, macambúzia – sem mais afeto por mim – cheia de toda aquela conversa nossa, com Bromberg rechegando e novos grandes discursos e aquele entusiasmo grupal particularmente abominável que a pessoa tem obrigação de sentir quando, como Mardou, está com uma das estrelas do grupo aliás basta ser um membro da constelação, que coisa revoltante, cacete deve ter sido para ela ter que curtir tudo aquilo que a gente dizia, ficar admirada com a última frase de efeito saída dos lábios do primeiro e único, a mais recente manifestação do velho chato mistério da personalidade do grande canadense – realmente ela parecia revoltada, olhar perdido no espaço.

Assim quando mais tarde na minha bebedeira consegui fazer com que Paddy Cordavan passasse para a nossa mesa e ele convidou todos nós para continuarmos a biritada na casa dele (o normalmente inacessível Paddy Cordavan porque a mulher dele sempre queria ir para casa sozinha com ele, Paddy Cordavan de quem Buddy Pond dissera, "Ele é tão bonito que nem posso olhar", alto, louro, cowboy de Montana sério queixo largo movimentos vagarosos, fala vagarosa, ombros vagarosos) Mardou não achou graça nenhuma, como ela queria era se afastar de Paddy e todos os outros subterrâneos do Dante's, e eu acabara de irritá-la novamente gritando para Julien, "Vem cá, vamos todo mundo à festa do Paddy e o Julien vai também", sendo que Julien imediatamente levantou-se de um salto e correu de volta para Ross Wallenstein e os outros no reservado deles, pensando, "Porra aquele chato do Percepied já está gritando meu nome de novo e tentando me arrastar para essas festas bestas de novo, será que ninguém dá um jeito nele". E Mardou também não achou graça nenhuma quando, por insistência de Yuri, fui até o telefone falar com Sam (ligando do trabalho) e combinei de encontrar com ele mais tarde no bar em frente ao escritório dele – "Vamos todo mundo! vamos todo mundo!" A essa altura já estou aos berros e mesmo Adam e Frank já estão bocejando doidos para voltar para casa e Jones já se mandou há muito tempo – subindo e descendo aos trancos e barrancos a escada de Paddy para ligar de novo para Sam e uma hora eu entro na cozinha de Paddy para pegar Mardou para ir comigo encontrar com Sam, e Ross Wallenstein tendo chegado quando eu estava no bar telefonando diz, olhando para cima, "Quem foi que deixou esse cara entrar? como é que você entrou aqui! Ô Paddy!" em continuação séria da antipatia inicial por mim e aquele papo de "você é veado?" o que eu ignorei, dizendo, "Ô maninho vou acabar com a tua alegria se você não calar a boca", ou algo igualmente ofensivo, já não lembro, o bastante para fazê-lo dar meia-volta que nem um soldado, bem do jeito dele, pescoço duro, e sair – eu arrastando Mardou até um táxi para ir ao encontro de Sam e toda essa noite mundo girando maluco e ela vozinha protestando que eu ouço à distância, "Mas Leo, meu querido, quero ir pra casa dormir". – "Ah porra!" e dou o endereço de Sam para o motorista, ela diz NÃO, insiste, dá o endereço da Heavenly Lane, "Me leva lá primeiro e depois segue pro Sam" mas eu estou realmente preocupado com o fato inegável de que se eu a levar primeiro à Heavenly Lane o táxi não vai conseguir chegar no bar onde Sam me espera antes de o bar fechar, e aí eu insisto, discutimos berrando endereços diferentes enquanto o motorista como num filme espera, mas de repente, com aquela chama vermelha aquela mesma chama vermelha (à falta de imagem melhor) salto para fora do táxi e saio correndo e vejo outro, corro para dentro, dou o endereço de Sam e pé na tábua – Mardou abandonada na noite, num táxi, enjoada, cansada, e eu pretendendo pagar o segundo táxi com o dólar que ela dera a Adam para ele comprar um sanduíche mas que na confusão toda foi esquecido mas ele me deu para eu comprar para ela – pobre Mardou voltando para casa sozinha, de novo, e o louco bêbado desaparecido.

Bem, pensei eu, é o fim – finalmente dei o passo final e dessa vez me vinguei do que ela fez comigo – tinha que acontecer e aconteceu – pronto.

Como é bom saber que o inverno está chegando –
e que a vida vai ser um pouco
mais tranqüila – e você vai ficar em casa
escrevendo e comendo bem e nós
vamos passar noites agradáveis
abraçadinhos – e você está em casa
agora, descansando e comendo bem porque você
não devia ficar muito triste – e eu me sinto
melhor quando você está bem. –

Me escreve   Qualquer coisa.
Por favor fique bem
Tua Amiga que ti gosta
E meu amor
E Ah
E Amor para Você
MARDOU
Por favor

Mas o pressentimento a profecia mais profunda de todas sempre foi que um dia eu ia entrar na Heavenly Lane, virando a esquina de repente, e olhar para cima, e se a luz de Mardou estava acesa a luz de Mardou estava acesa – “Mas um dia, querido Leo, aquela luz não vai brilhar para você" – profecia esta independente de todos os Yuris da vida e atenuações da serpente do tempo. – "Um dia ela não vai estar lá quando você quiser que ela esteja lá, a luz estará apagada e você vai ficar olhando para cima e estará escuro na Heavenly Lane e Mardou terá ido embora, e vai ser quando você menos esperar e quiser." – Sempre soube isso – passou pela minha cabeça na noite quando corri, encontrei Sam no bar, ele estava com dois jornalistas, pagamos as bebidas, derrubei dinheiro no chão, eu doido para ficar de porre (terminei com minha garota!), corri até a casa de Adam e Frank, acordei-os de novo, lutei no chão, fiz barulho, Sam tirou minha camiseta, quebrei o abajur, bebi uma garrafa de uísque como nos velhos tempos nossos grandes tempos juntos, mais uma vez apaguei no meio da noite e tudo isso por nada... acordando, eu, de manhã com a ressaca final que me dizia, "Tarde demais" – e me levantei e me arrastei até a porta pelo meio da bagunça da sala, e abri a porta, e fui para casa, Adam me dizendo ao me ouvir tentando abrir a torneira gemebunda, "Leo vai pra casa e se recupera", sentindo como eu estava mal embora sem saber que eu e Mardou tínhamos terminado – e em casa eu andava de um lado para outro, não conseguia parar, tinha que andar, como se alguém estivesse prestes a morrer, como se eu estivesse sentindo o cheiro das flores da morte no ar, e fui para o pátio de manobras da estrada de ferro em South San Francisco e chorei.

Chorei no pátio sentado num pedaço de ferro velho sob a lua nova ao lado da velha estrada de ferro Southern Pacific, chorei porque não apenas tinha dispensado Mardou e agora não sabia se eu queria mesmo dispensá-la mas o dado estava lançado, mas também sentindo as lágrimas empáticas dela vindo do outro lado da noite e horror final de nós dois olhos arregalados percebendo que nos separamos – mas vendo de repente não na face da lua mas em algum outro ponto do céu quando olhei para cima tentando entender, o rosto de minha mãe – lembrando dele de um cochilo mal-assombrado logo depois do jantar naquele mesmo dia impossível-de-ficar-sentado-na-cadeira ou na-terra – assim que acordei ao som de um programa de Arthur Godfrey na TV, vi debruçada sobre mim a imagem de minha mãe, olhos impenetráveis e lábios imóveis e malares arredondados e óculos que faiscavam e escondiam quase toda a expressão dela que de início achei que fosse uma visão de horror capaz de causar arrepios, só que não senti arrepio nenhum – pensando nisso ao caminhar e de repente agora no pátio da estrada de ferro chorando a perda de Mardou tão estúpida porque eu mesmo resolvera me livrar dela, fora uma visão do amor de minha mãe por mim – aquele rosto sem expressão e sem expressão por ser tão profundo debruçado sobre mim na visão do sono, e com lábios não apertados e sim estóicos e como se dizendo, "Pauvre Ti Leo, pauvre Ti Leo, tu souffri, les hommes souffri tant, y'ainque toi dans le monde j'va't prendre soin, j'aim'ra beaucoup t'prendre soin tous tes jours mon ange." – "Pobre Leozinho, pobre Leozinho, tu sofres, os homens sofrem tanto, estás tão sozinho no mundo vou tomar conta de ti, eu queria tanto tomar conta de ti todos os teus dias meu anjo." – Minha mãe um anjo também – meus olhos se encheram de lágrimas, algo se partiu, quebrei – eu estava sentado há uma hora, na minha frente a estrada de Butler e o gigantesco neon cor-de-rosa dez quarteirões de comprimento SIDERÚRGICA BETHLEHEM WEST COAST com estrelas no alto e o trem à toda passa e o cheiro de fumaça de locomotiva e eu sentado e deixo o trem passar lá longe na noite perto do aeroporto em South San Francisco dá para ver aquela luz vermelha filhadaputa enviando sinal luminoso feito Marte nadando na escuridão grandes luzes vermelhas de trens subindo e descendo e disparando fogos nos lindocéus perdidapureza da velha Califórnia na noite triste de outono primavera inverno verão alto como árvore – único homem em South San Francisco que sai de sua casinha direitinha no subúrbio e vai se esconder dentro de vagão de carga para pensar – quebrei. – Alguma coisa ficou solta dentro de mim – ó sangue da minh'alma pensei e o Bom Deus ou seja lá o que que me botou aqui para sofrer e gemer e ainda por cima ser culpado e me dá a carne e o sangue que são tão dolorosos as – mulheres todas bem-intencionadas – isso eu sabia – as mulheres amam, se curvam ante nós – trair o amor de uma mulher é pior do que cuspir nos próprios pés, barro –

Aquele choro súbito curto no pátio e por um motivo que na verdade eu não compreendia, e não podia – dizendo a mim mesmo no fundo, "Você vê uma visão do rosto da mulher que é tua mãe que te ama tanto que te sustenta e protege há tantos anos, você seu vagabundo, bêbado – sem nunca se queixar de nada – porque ela sabe que no seu atual estado você não tem condição de sair para o mundo e ganhar a vida e se sustentar sozinho e nem mesmo encontrar e preservar o amor de outra mulher que te proteja – e tudo porque você é o coitado do bobão do Ti Leo – no fundo do poço escuro da noite sob as estrelas do mundo você está perdido, pobre, ninguém liga para você, e agora você jogou fora o amor de uma mulher porque você queria tomar mais um trago com um arruaceiro bêbado do outro lado da tua loucura".

E como sempre.

Terminando com a grande tristeza da Price Street quando Mardou e eu, juntos de novo na noite de domingo de acordo com meu horário estabelecido (eu havia combinado o horário naquela semana pensando num devaneio de fumo no pátio de manobras, "Esta é a melhor idéia que eu já tive, assim eu posso ter uma vida amorosa integral", consciente do valor reichiano de Mardou, e ao mesmo tempo escrever aqueles três romances e fazer um tremendo – etc.) (horário todo explicitado no papel, e entregue a Mardou para ela ler, seguinte: "Ir a Mardou 9 da noite, dormir, voltar ao meio-dia do dia seguinte para passar tarde escrevendo e depois do jantar descansar e depois voltar às 9 da noite de novo", com lacunas na programação nos fins de semana para "sair se for o caso") (tomar porre) – com o horário ainda em mente e depois de passar o fim de semana em casa enfiado naquele terrível – saí apressado assim mesmo rumo a Mardou às 9 da noite de domingo, conforme programado, não havia luz na janela dela ("Exatamente como eu sabia que ia acontecer um dia") – mas na porta um recado, e para mim, que eu li depois de uma mijada rápida no banheiro do corredor – "Querido Leo, estou de volta às 10 e meia", e a porta (como sempre) destrancada e entro para esperar e leio Reich – andando de novo sempre com meu livro grande progressista saudável de Reich e preparado para "lascar uma boa nela" se tudo tiver que acabar nessa noite e sentado olhando de um lado para outro e tramando – 11h30 e ela ainda não chegou – com medo de mim – sentindo falta – ("Leo", ela me disse depois, "eu realmente achei que a gente tinha terminado, que você nunca mais ia voltar") – assim mesmo deixou aquele recado de ave-do-paraíso para mim, sempre e ainda esperando e não querendo me magoar nem me deixar esperando no escuro – mas como ela não voltou ainda às 11h30 vou embora, até a casa de Adam, deixando recado para ela me ligar, com acréscimos que acabo apagando – tudo uma série de detalhes de menor importância que culminam na grande tristeza da Price Street depois de uma noite de sexo "satisfatório", quando eu digo a ela, "Mardou você se tornou muito mais preciosa pra mim depois de tudo que aconteceu", e por causa disso, nós dois concordamos, consigo fazer com que ela se realize mais – duas vezes até, e pela primeira vez – passando toda uma tarde tão doce como se juntos de novo mas volta e meia Mardou tadinha me dizendo, "Mas a gente devia mesmo se separar, a gente nunca fez nada juntos, a gente ia ao México, e depois você ia arrumar emprego e a gente ia viver juntos, depois se lembra da idéia do sótão, tudo grandes sonhos que não deram em nada porque você não tirou eles de dentro da cabeça e jogou no mundo real, não agiu, e eu, sabe, eu não – eu já não vou na terapeuta há várias semanas". (Ela havia escrito uma bela carta para a terapeuta naquele dia mesmo pedindo perdão e permissão para voltar daqui a umas semanas e conselhos por estar perdida e eu aprovei a carta.) – Tudo isso irreal a partir do momento em que entrei na Heavenly Lane depois do solitário negro episódio das lágrimas no pátio ferroviário e vi que a luz dela estava finalmente apagada (conforme promessa profunda), porém o recado, salvando-nos por mais um tempo, eu a encontrando pouco depois naquela noite pois ela realmente telefonou para a casa de Adam e disse para eu ir até a casa de Rita, onde fui levando cerveja, então veio Mike Murphy trazendo cerveja também – terminando com outra noite de conversa idiota aos berros bebadamente de novo. – Mardou me dizendo na manhã seguinte, "Você se lembra de alguma coisa que você falou ontem à noite pro Mike e a Rita?" e eu, "Claro que não". – O dia todo, dia tomado emprestado ao céu, doce – fazemos amor e tentamos fazer promessazinhas – nada feito, pois ao cair da tarde ela diz "Vamos pegar um cinema" (com os miseráveis tostões do auxílio-desemprego dela). – "Meu Deus, vamos gastar teu dinheiro todo." – "Ah que se dane eu não estou nem aí, vou gastar esse dinheiro e pronto", com muita ênfase – aí ele veste as calças pretas de veludo e põe perfume e eu dou uma cheirada no cangote dela e meu Deus, como você é cheirosa – e eu a desejo mais do que nunca, nos meus braços ela some – nas minhas mãos ela se desvanece feito poeira – alguma coisa errada. – "Te chateei muito quando saltei correndo do táxi?" – "Leo, foi meu querido, foi a coisa mais maluca que eu já vi." – "Desculpa." – "Eu sei que você está arrependido mas foi a coisa mais maluca que eu já vi e essas coisas estão sempre acontecendo e piorando e agora – ah porra vamos ver um filme." – Aí saímos, e ela está com uma capinha de chuva vermelha que eu nunca vi antes que me parte o coração por cima da calça preta de veludo, e lá vai ela com o cabelo curto que faz com que ela fique tão estranha, como uma – como uma pessoa em Paris – e eu só com minhas velhas calças topa-tudo de ex-guarda-freios da estrada de ferro e uma camisa sem camiseta por baixo e de repente estamos em outubro e está frio lá fora, e chuviscando de vez em quando, assim vou tremendo ao lado de Mardou Price Street acima – rumo à Market Street, ao cinema – lembro daquela tarde voltando do fim de semana no Bromberg – alguma coisa presa nas nossas gargantas, eu não sei o que é, ela sabe.

"Amor vou te dizer uma coisa e se eu te disser o que é quero que você me prometa que vai ao cinema comigo assim mesmo." – "Tudo bem." – E naturalmente acrescento, após pausa, "O que é?" – Acho que tem algo a ver com "Vamos terminar mesmo de uma vez por todas, não estou mais a fim, não que eu não goste de você mas é que a essa altura já está claro para nós dois que –" esse tipo de argumento que eu, como antes e sempre, sei cortar, dizendo, "Mas vamos, espera aí, eu tenho –" pois o homem sempre consegue dobrar a mulher, ela foi feita para isso, pobrezinha da mulher – então eu espero confiante por esse tipo de conversa, embora me sinta desolado, trágico, deprimido, e o ar frio. – "Sabe aquela noite" (ela passa algum tempo tentando pôr em ordem as noites confusas recentes – e eu ajudo a esclarecer, e ponho o braço ao redor da cinturinha dela, e nos aproximamos das trêmulas luzes-jóias de Price esquina com Columbus velha esquina de North Beach tão estranha e mais estranha ainda agora e eu tenho meus pensamentos privados em relação a ela devido a cenas mais antigas de minha vida são-franciscana, em suma, quase contente e auto-suficiente no cantinho quente de mim mesmo – mas concordamos que a noite que ela quer falar é a noite de sábado, que foi a noite que eu chorei no pátio – aquele choro curto súbito, aquela visão – aliás fico tentando interpolar e dizer a ela o que aconteceu, tentando também entender se ela está querendo dizer agora que na noite de sábado aconteceu alguma coisa terrível que eu devia saber –).

"Bem eu fui até o Dante's e não quis ficar, e tentei sair – e o Yuri estava querendo ficar – e aí ele chamou alguém – e eu estava no telefone – e disse ao Yuri que queriam falar com ele" (desconexo assim mesmo) "e enquanto ele está na cabine eu me mando vou pra casa, porque eu estava cansada – amor às duas da manhã ele veio e bateu na porta –"

"Por quê?" – "Não tinha onde dormir, estava bêbado, foi entrando assim – e – sabe –."

"Hã"

"Bem amor a gente transou" – aquela palavra hip – ouvindo a qual enquanto eu andava senti minhas pernas me impelirem e meus pés bem firmes, o fundo do estômago afundou para dentro das calças ou do sexo e o corpo todo experimentou uma sensação de profunda dissolvência, afundando numa maciez em algum lugar, lugar nenhum – de repente as ruas estavam tão desoladas, as pessoas passando tão bestialmente, as luzes tão desnecessárias só para iluminar este... este mundo cortante – estávamos atravessando os paralelepípedos quando ela disse a palavra, "transou", eu (atento sendo ex-ferroviário) tive que me concentrar para subir a calçada e não olhei para ela – olhei para a Columbus Avenue e pensei em me afastar, andando depressa, como eu fiz na casa de Larry – mas não fiz isso – disse "Não quero viver nesse mundo bestial" – mas tão baixinho que ela mal ouviu e se ouviu não disse nada, mas depois de uma pausa disse umas outras coisas, como, "Tem mais uns detalhes, sabe, como – mas não quero entrar nisso – sabe", gaguejando, e devagar – e assim mesmo nós dois descendo a rua rumo ao cinema – o filme era *Touros bravos* (chorei ao ver a tristeza do toureiro quando fica sabendo que o melhor amigo e a namorada dele foram para as montanhas no carro dele, chorei até quando vi o touro que eu sabia que ia morrer e eu sabia das mortes grandiosas dos touros nessa grande armadilha chamada praça de touros) – tive vontade de sair correndo de perto de Mardou. ("Escuta bicho", ela tinha dito uma semana antes quando eu de repente comecei a falar em Adão e Eva e que ela era Eva, a mulher que por sua beleza faz com que o homem faça qualquer coisa, "não me chama de Eva".) – Mas agora isso não importa – seguindo em frente, uma hora tamanha irritação para meus sentidos que ela parou de repente na calçada na chuva e disse muito calma "Preciso de um lenço" e virou para entrar na loja e eu virei também e fui atrás dela a uns três metros relutantes de distância percebendo que desde a esquina de Price com Columbus que eu não tinha a menor idéia do que estava passando pela minha cabeça e agora já estávamos na Market – enquanto ela está na loja fico arengando comigo mesmo, e se eu for embora agora, estou com o dinheiro da passagem, é só descer a rua bem depressa e ir embora e quando ela sair ela vai ver que você foi embora, vai saber que você quebrou a promessa de ir ao cinema igual a tantas outras promessas que você já quebrou mas dessa vez ela sabe que você está no seu direito inalienável de macho – mas nada disso basta – é como se Yuri me desse uma punhalada – e Mardou me abandonou e cobriu de vergonha – viro-me para olhar para a loja com olhos cegos ver qualquer coisa e neste exato momento ela sai com um lenço roxo fosforescente na cabeça (porque grandes gotas de chuva estavam começando a esvoaçar e ela não queria que a chuva estragasse o cabelo dela cuidadosamente penteado para ir ao cinema e lá estava ela gastando os míseros trocados que ainda tinha em lenços). – No cinema seguro a mão dela, após espera de quinze minutos, nem pensando em fazer isso não por estar zangado mas por achar que ela ia achar que era muita subserviência minha numa hora dessas pegar a mão dela dentro do cinema, como namorados – mas peguei a mão dela, estava quente, perdida – não perrgunteis ao mar por que os olhos da mulher de olhos escuros são estranhos e perdidos – saímos do cinema, eu melancólico, ela bem despachada querendo atravessar logo o frio até o ônibus, onde, no ponto de ônibus, ela se afastou de mim para me levar para um lugar mais quente e (como eu já disse) mentalmente a acusei de pé-errante.

Chegando em casa, onde ficamos, ela sentada no meu colo, após longa e calorosa conversa com John Golz, que veio vê-la, mas me encontrou também, e talvez tivesse saído, mas eu no meu novo estado de espírito quis na mesma hora mostrar a ele que eu o respeitava e gostava dele, e conversei com ele, e ele ficou duas horas – aliás vi como ele aborrecia Mardou falando sobre literatura com ela mais do que ela estava a fim e também sobre coisas que ela já sabia há muito tempo – pobre Mardou.

Então ele saiu, e eu a coloquei toda enroladinha no meu colo, e ela falou sobre a guerra entre os homens – "É uma guerra, pra eles a mulher é um prêmio, para o Yuri o teu prêmio tem menos valor agora."

"É", digo eu, triste, "mas eu devia ter prestado mais atenção àquele velho viciado que disse que tem uma amante em cada esquina – são todas iguais, garoto, por isso não se amarre em nenhuma."

"Não é verdade, não é verdade, é justamente isso que o Yuri quer que você vá até o Dante's agora e aí vocês dois vão rir e concordar que as mulheres são boas pra trepar e que mulher não falta. – Achque você é como eu – você quer só um amor – sabe, o homem tem a essência na mulher, há uma essência" ("Sim", pensei, "há uma essência, é teu útero") "e o homem tem isso na mão, mas sai correndo para construir grandes estruturas." (Eu tinha acabado de ler para ela as primeiras páginas de *Finnegans wake* e tinha explicado o trecho que Finnegan vive "bostruindo supra bostruindo supra bostruindo" às margens do rio Liffey – bosta!)

"Não vou dizer nada", pensei – "Você vai achar que não sou homem se eu não ficar com raiva?"

"É exatamente aquela guerra que eu te falei."

"Entre as mulheres tem uma guerra também –"

Ah o que vamos fazer? Acho – agora eu vou para casa, e está tudo terminado, é claro, ela não só está de saco cheio de mim mas também me magoou com uma espécie de adultério, foi inconstante, tal qual foi profetizado num sonho, o sonho a porra do sonho – vejo a mim mesmo agarrando Yuri pela camisa e jogando-o no chão, ele puxa uma faca iugoslava, eu pego uma cadeira para dar em cima dele com ela, todo mundo olhando... mas eu continuo a fantasia e olho nos olhos dele e vejo de repente o clarão de um anjo gozador que fez de sua presença na terra tudo uma grande brincadeira e percebo que também esse lance com Mardou foi uma brincadeira e penso, "Anjo gozado, que vos elevastes dentre os subterrâneos".

"Amor você que sabe", é o que ela está dizendo, "quantas vezes vai me ver e essas coisas – mas eu quero ser independente como eu já disse."

E eu vou para casa tendo perdido o amor dela.

E escrevo esse livro.

Coleção **L&PM** POCKET (LANÇAMENTOS MAIS RECENTES)

210.**O grande deflorador** – Dalton Trevisan
212.**Homem do princípio ao fim** – Millôr Fernandes
213.**Aline e seus dois namorados (1)** – A. Iturrusgarai
214.**A juba do leão** – Sir Arthur Conan Doyle
215.**Assassino metido a esperto** – R. Chandler
216.**Confissões de um comedor de ópio** – T.De Quincey
217.**Os sofrimentos do jovem Werther** – Goethe
218.**Fedra** – Racine / Trad. Millôr Fernandes
219.**O vampiro de Sussex** – Conan Doyle
220.**Sonho de uma noite de verão** – Shakespeare
221.**Dias e noites de amor e de guerra** – Galeano
222.**O Profeta** – Khalil Gibran
223.**Flávia, cabeça, tronco e membros** – M. Fernandes
224.**Guia da ópera** – Jeanne Suhamy
225.**Macário** – Álvares de Azevedo
226.**Etiqueta na prática** – Celia Ribeiro
227.**Manifesto do partido comunista** – Marx & Engels
228.**Poemas** – Millôr Fernandes
229.**Um inimigo do povo** – Henrik Ibsen
230.**O paraíso destruído** – Frei B. de las Casas
231.**O gato no escuro** – Josué Guimarães
232.**O mágico de Oz** – L. Frank Baum
233.**Armas no Cyrano's** – Raymond Chandler
234.**Max e os felinos** – Moacyr Scliar
235.**Nos céus de Paris** – Alcy Cheuiche
236.**Os bandoleiros** – Schiller
237.**A primeira coisa que eu botei na boca** – Deonísio da Silva
238.**As aventuras de Simbad, o marújo**
239.**O retrato de Dorian Gray** – Oscar Wilde
240.**A carteira de meu tio** – J. Manuel de Macedo
241.**A luneta mágica** – J. Manuel de Macedo
242.**A metamorfose** – Kafka
243.**A flecha de ouro** – Joseph Conrad
244.**A ilha do tesouro** – R. L. Stevenson
245.**Marx - Vida & Obra** – José A. Giannotti
246.**Gênesis**
247.**Unidos para sempre** – Ruth Rendell
248.**A arte de amar** – Ovídio
249.**O sono eterno** – Raymond Chandler
250.**Novas receitas do Anonymus Gourmet** – J.A.P.M.
251.**A nova catacumba** – Arthur Conan Doyle
252.**Dr. Negro** – Arthur Conan Doyle
253.**Os voluntários** – Moacyr Scliar
254.**A bela adormecida** – Irmãos Grimm
255.**O príncipe sapo** – Irmãos Grimm
256.**Confissões** *e* **Memórias** – H. Heine
257.**Viva o Alegrete** – Sergio Faraco
258.**Vou estar esperando** – R. Chandler
259.**A senhora Beate e seu filho** – Schnitzler
260.**O ovo apunhalado** – Caio Fernando Abreu
261.**O ciclo das águas** – Moacyr Scliar
262.**Millôr Definitivo** – Millôr Fernandes
264.**Viagem ao centro da Terra** – Júlio Verne
265.**A dama do lago** – Raymond Chandler
266.**Caninos brancos** – Jack London
267.**O médico e o monstro** – R. L. Stevenson
268.**A tempestade** – William Shakespeare
269.**Assassinatos na rua Morgue** – E. Allan Poe
270.**99 corruíras nanicas** – Dalton Trevisan
271.**Broquéis** – Cruz e Sousa
272.**Mês de cães danados** – Moacyr Scliar
273.**Anarquistas – vol. 1 – A idéia** – G. Woodcock
274.**Anarquistas – vol. 2 – O movimento** – G. Woodcock
275.**Pai e filho, filho e pai** – Moacyr Scliar
276.**As aventuras de Tom Sawyer** – Mark Twain
277.**Muito barulho por nada** – W. Shakespeare
278.**Elogio da loucura** – Erasmo
279.**Autobiografia de Alice B. Toklas** – G. Stein
280.**O chamado da floresta** – J. London
281.**Uma agulha para o diabo** – Ruth Rendell
282.**Verdes vales do fim do mundo** – A. Bivar
283.**Ovelhas negras** – Caio Fernando Abreu
284.**O fantasma de Canterville** – O. Wilde
285.**Receitas de Yayá Ribeiro** – Celia Ribeiro
286.**A galinha degolada** – H. Quiroga
287.**O último adeus de Sherlock Holmes** – A. Conan Doyle
288.**A. Gourmet** *em* **Histórias de cama & mesa** – J. A. Pinheiro Machado
289.**Topless** – Martha Medeiros
290.**Mais receitas do Anonymus Gourmet** – J. A. Pinheiro Machado
291.**Origens do discurso democrático** – D. Schüler
292.**Humor politicamente incorreto** – Nani
293.**O teatro do bem e do mal** – E. Galeano
294.**Garibaldi & Manoela** – J. Guimarães
295.**10 dias que abalaram o mundo** – John Reed
296.**Numa fria** – Bukowski
297.**Poesia de Florbela Espanca** vol. 1
298.**Poesia de Florbela Espanca** vol. 2
299.**Escreva certo** – E. Oliveira e M. E. Bernd
300.**O vermelho e o negro** – Stendhal
301.**Ecce homo** – Friedrich Nietzsche
302(7).**Comer bem, sem culpa** – Dr. Fernando Lucchese, A. Gourmet e Iotti
303.**O livro de Cesário Verde** – Cesário Verde
305.**100 receitas de macarrão** – S. Lancellotti
306.**160 receitas de molhos** – S. Lancellotti
307.**100 receitas light** – H. e Â. Tonetto
308.**100 receitas de sobremesas** – Celia Ribeiro
309.**Mais de 100 dicas de churrasco** – Leon Diziekaniak
310.**100 receitas de acompanhamentos** – C. Cabeda
311.**Honra ou vendetta** – S. Lancellotti
312.**A alma do homem sob o socialismo** – Oscar Wilde
313.**Tudo sobre Yôga** – Mestre De Rose
314.**Os varões assinalados** – Tabajara Ruas
315.**Édipo em Colono** – Sófocles
316.**Lisístrata** – Aristófanes / trad. Millôr
317.**Sonhos de Bunker Hill** – John Fante
318.**Os deuses de Raquel** – Moacyr Scliar
319.**O colosso de Marússia** – Henry Miller
320.**As eruditas** – Molière / trad. Millôr
321.**Radicci 1** – Iotti
322.**Os Sete contra Tebas** – Ésquilo
323.**Brasil Terra à vista** – Eduardo Bueno
324.**Radicci 2** – Iotti

325.**Júlio César** – William Shakespeare
326.**A carta de Pero Vaz de Caminha**
327.**Cozinha Clássica** – Sílvio Lancellotti
328.**Madame Bovary** – Gustave Flaubert
329.**Dicionário do viajante insólito** – M. Scliar
330.**O capitão saiu para o almoço...** – Bukowski
331.**A carta roubada** – Edgar Allan Poe
332.**É tarde para saber** – Josué Guimarães
333.**O livro de bolso da Astrologia** – Maggy Harrisonx e Mellina Li
334.**1933 foi um ano ruim** – John Fante
335.**100 receitas de arroz** – Aninha Comas
336.**Guia prático do Português correto – vol. 1** – Cláudio Moreno
337.**Bartleby, o escriturário** – H. Melville
338.**Enterrem meu coração na curva do rio** – Dee Brown
339.**Um conto de Natal** – Charles Dickens
340.**Cozinha sem segredos** – J. A. P. Machado
341.**A dama das Camélias** – A. Dumas Filho
342.**Alimentação saudável** – H. e Â. Tonetto
343.**Continhos galantes** – Dalton Trevisan
344.**A Divina Comédia** – Dante Alighieri
345.**A Dupla Sertanojo** – Santiago
346.**Cavalos do amanhecer** – Mario Arregui
347.**Biografia de Vincent van Gogh por sua cunhada** – Jo van Gogh-Bonger
348.**Radicci 3** – Iotti
349.**Nada de novo no front** – E. M. Remarque
350.**A hora dos assassinos** – Henry Miller
351.**Flush - Memórias de um cão** – Virginia Woolf
352.**A guerra no Bom Fim** – M. Scliar
353(1).**O caso Saint-Fiacre** – Simenon
354(2).**Morte na alta sociedade** – Simenon
355(3).**O cão amarelo** – Simenon
356(4).**Maigret e o homem do banco** – Simenon
357.**As uvas e o vento** – Pablo Neruda
358.**On the road** – Jack Kerouac
359.**O coração amarelo** – Pablo Neruda
360.**Livro das perguntas** – Pablo Neruda
361.**Noite de Reis** – William Shakespeare
362.**Manual de Ecologia** – vol.1 – J. Lutzenberger
363.**O mais longo dos dias** – Cornelius Ryan
364.**Foi bom prá você?** – Nani
365.**Crepusculário** – Pablo Neruda
366.**A comédia dos erros** – Shakespeare
367(5).**A primeira investigação de Maigret** – Simenon
368(6).**As férias de Maigret** – Simenon
369.**Mate-me por favor (vol.1)** – L. McNeil
370.**Mate-me por favor (vol.2)** – L. McNeil
371.**Carta ao pai** – Kafka
372.**Os vagabundos iluminados** – J. Kerouac
373(7).**O enforcado** – Simenon
374(8).**A fúria de Maigret** – Simenon
375.**Vargas, uma biografia política** – H. Silva
376.**Poesia reunida (vol.1)** – A. R. de Sant'Anna
377.**Poesia reunida (vol.2)** – A. R. de Sant'Anna
378.**Alice no país do espelho** – Lewis Carroll
379.**Residência na Terra 1** – Pablo Neruda
380.**Residência na Terra 2** – Pablo Neruda
381.**Terceira Residência** – Pablo Neruda
382.**O delírio amoroso** – Bocage
383.**Futebol ao sol e à sombra** – E. Galeano
384(9).**O porto das brumas** – Simenon
385(10).**Maigret e seu morto** – Simenon
386.**Radicci 4** – Iotti
387.**Boas maneiras & sucesso nos negócios** – Celia Ribeiro
388.**Uma história Farroupilha** – M. Scliar
389.**Na mesa ninguém envelhece** – J. A. P. Machado
390.**200 receitas inéditas do Anonymus Gourmet** – J. A. Pinheiro Machado
391.**Guia prático do Português correto – vol.2** – Cláudio Moreno
392.**Breviário das terras do Brasil** – Assis Brasil
393.**Cantos Cerimoniais** – Pablo Neruda
394.**Jardim de Inverno** – Pablo Neruda
395.**Antonio e Cleópatra** – William Shakespeare
396.**Tróia** – Cláudio Moreno
397.**Meu tio matou um cara** – Jorge Furtado
398.**O anatomista** – Federico Andahazi
399.**As viagens de Gulliver** – Jonathan Swift
400.**Dom Quixote –** (v. 1) – Miguel de Cervantes
401.**Dom Quixote –** (v. 2) – Miguel de Cervantes
402.**Sozinho no Pólo Norte** – Thomaz Brandolin
403.**Matadouro 5** – Kurt Vonnegut
404.**Delta de Vênus** – Anaïs Nin
405.**O melhor de Hagar 2** – Dik Browne
406.**É grave Doutor?** – Nani
407.**Orai pornô** – Nani
408(11).**Maigret em Nova York** – Simenon
409(12).**O assassino sem rosto** – Simenon
410(13).**O mistério das jóias roubadas** – Simenon
411.**A irmãzinha** – Raymond Chandler
412.**Três contos** – Gustave Flaubert
413.**De ratos e homens** – John Steinbeck
414.**Lazarilho de Tormes** – Anônimo do séc. XVI
415.**Triângulo das águas** – Caio Fernando Abreu
416.**100 receitas de carnes** – Sílvio Lancellotti
417.**Histórias de robôs:** vol. 1 – org. Isaac Asimov
418.**Histórias de robôs:** vol. 2 – org. Isaac Asimov
419.**Histórias de robôs:** vol. 3 – org. Isaac Asimov
420.**O país dos centauros** – Tabajara Ruas
421.**A república de Anita** – Tabajara Ruas
422.**A carga dos lanceiros** – Tabajara Ruas
423.**Um amigo de Kafka** – Isaac Singer
424.**As alegres matronas de Windsor** – Shakespeare
425.**Amor e exílio** – Isaac Bashevis Singer
426.**Use & abuse do seu signo** – Marília Fiorillo e Marylou Simonsen
427.**Pigmaleão** – Bernard Shaw
428.**As fenícias** – Eurípides
429.**Everest** – Thomaz Brandolin
430.**A arte de furtar** – Anônimo do séc. XVI
431.**Billy Bud** – Herman Melville
432.**A rosa separada** – Pablo Neruda
433.**Elegia** – Pablo Neruda
434.**A garota de Cassidy** – David Goodis
435.**Como fazer a guerra: máximas de Napoleão** – Balzac
436.**Poemas escolhidos** – Emily Dickinson
437.**Gracias por el fuego** – Mario Benedetti
438.**O sofá** – Crébillon Fils
439.**O "Martín Fierro"** – Jorge Luis Borges
440.**Trabalhos de amor perdidos** – W. Shakespeare

441.**O melhor de Hagar 3** – Dik Browne
442.**Os Maias (volume1)** – Eça de Queiroz
443.**Os Maias (volume2)** – Eça de Queiroz
444.**Anti-Justine** – Restif de La Bretonne
445.**Juventude** – Joseph Conrad
446.**Contos** – Eça de Queiroz
447.**Janela para a morte** – Raymond Chandler
448.**Um amor de Swann** – Marcel Proust
449.**À paz perpétua** – Immanuel Kant
450.**A conquista do México** – Hernan Cortez
451.**Defeitos escolhidos e 2000** – Pablo Neruda
452.**O casamento do céu e do inferno** – William Blake
453.**A primeira viagem ao redor do mundo** – Antonio Pigafetta
454(14).**Uma sombra na janela** – Simenon
455(15).**A noite da encruzilhada** – Simenon
456(16).**A velha senhora** – Simenon
457.**Sartre** – Annie Cohen-Solal
458.**Discurso do método** – René Descartes
459.**Garfield em grande forma (1)** – Jim Davis
460.**Garfield está de dieta** (2) – Jim Davis
461.**O livro das feras** – Patricia Highsmith
462.**Viajante solitário** – Jack Kerouac
463.**Auto da barca do inferno** – Gil Vicente
464.**O livro vermelho dos pensamentos de Millôr** – Millôr Fernandes
465.**O livro dos abraços** – Eduardo Galeano
466.**Voltaremos!** – José Antonio Pinheiro Machado
467.**Rango** – Edgar Vasques
468(8).**Dieta mediterrânea** – Dr. Fernando Lucchese e José Antonio Pinheiro Machado
469.**Radicci 5** – Iotti
470.**Pequenos pássaros** – Anaïs Nin
471.**Guia prático do Português correto – vol.3** – Cláudio Moreno
472.**Atire no pianista** – David Goodis
473.**Antologia Poética** – García Lorca
474.**Alexandre e César** – Plutarco
475.**Uma espiã na casa do amor** – Anaïs Nin
476.**A gorda do Tiki Bar** – Dalton Trevisan
477.**Garfield um gato de peso (3)** – Jim Davis
478.**Canibais** – David Coimbra
479.**A arte de escrever** – Arthur Schopenhauer
480.**Pinóquio** – Carlo Collodi
481.**Misto-quente** – Bukowski
482.**A lua na sarjeta** – David Goodis
483.**O melhor do Recruta Zero (1)** – Mort Walker
484.**Aline: TPM – tensão pré-monstrual (2)** – Adão Iturrusgarai
485.**Sermões do Padre Antonio Vieira**
486.**Garfield numa boa (4)** – Jim Davis
487.**Mensagem** – Fernando Pessoa
488.**Vendeta** *seguido de* **A paz conjugal** – Balzac
489.**Poemas de Alberto Caeiro** – Fernando Pessoa
490.**Ferragus** – Honoré de Balzac
491.**A duquesa de Langeais** – Honoré de Balzac
492.**A menina dos olhos de ouro** – Honoré de Balzac
493.**O lírio do vale** – Honoré de Balzac
494(17).**A barcaça da morte** – Simenon
495(18).**As testemunhas rebeldes** – Simenon
496(19).**Um engano de Maigret** – Simenon
497(1).**A noite das bruxas** – Agatha Christie
498(2).**Um passe de mágica** – Agatha Christie
499(3).**Nêmesis** – Agatha Christie
500.**Esboço para uma teoria das emoções** – Sartre
501.**Renda básica de cidadania** – Eduardo Suplicy
502(1).**Pílulas para viver melhor** – Dr. Lucchese
503(2).**Pílulas para prolongar a juventude** – Dr. Lucchese
504(3).**Desembarcando o diabetes** – Dr. Lucchese
505(4).**Desembarcando o sedentarismo** – Dr. Fernando Lucchese e Cláudio Castro
506(5).**Desembarcando a hipertensão** – Dr. Lucchese
507(6).**Desembarcando o colesterol** – Dr. Fernando Lucchese e Fernanda Lucchese
508.**Estudos de mulher** – Balzac
509.**O terceiro tira** – Flann O'Brien
510.**100 receitas de aves e ovos** – J. A. P. Machado
511.**Garfield em toneladas de diversão** (5) – Jim Davis
512.**Trem-bala** – Martha Medeiros
513.**Os cães ladram** – Truman Capote
514.**O Kama Sutra de Vatsyayana**
515.**O crime do Padre Amaro** – Eça de Queiroz
516.**Odes de Ricardo Reis** – Fernando Pessoa
517.**O inverno da nossa desesperança** – Steinbeck
518.**Piratas do Tietê (1)** – Laerte
519.**Rê Bordosa: do começo ao fim** – Angeli
520.**O Harlem é escuro** – Chester Himes
521.**Café-da-manhã dos campeões** – Kurt Vonnegut
522.**Eugénie Grandet** – Balzac
523.**O último magnata** – F. Scott Fitzgerald
524.**Carol** – Patricia Highsmith
525.**100 receitas de patisseria** – Sílvio Lancellotti
526.**O fator humano** – Graham Greene
527.**Tristessa** – Jack Kerouac
528.**O diamante do tamanho do Ritz** – S. Fitzgerald
529.**As melhores histórias de Sherlock Holmes** – Arthur Conan Doyle
530.**Cartas a um jovem poeta** – Rilke
531(20).**Memórias de Maigret** – Simenon
532(4).**O misterioso sr. Quin** – Agatha Christie
533.**Os analectos** – Confúcio
534(21).**Maigret e os homens de bem** – Simenon
535(22).**O medo de Maigret** – Simenon
536.**Ascensão e queda de César Birotteau** – Balzac
537.**Sexta-feira negra** – David Goodis
538.**Ora bolas – O humor de Mario Quintana** – Juarez Fonseca
539.**Longe daqui aqui mesmo** – Antonio Bivar
540(5).**É fácil matar** – Agatha Christie
541.**O pai Goriot** – Balzac
542.**Brasil, um país do futuro** – Stefan Zweig
543.**O processo** – Kafka
544.**O melhor de Hagar 4** – Dik Browne
545(6).**Por que não pediram a Evans?** – Agatha Christie
546.**Fanny Hill** – John Cleland
547.**O gato por dentro** – William S. Burroughs
548.**Sobre a brevidade da vida** – Sêneca
549.**Geraldão (1)** – Glauco
550.**Piratas do Tietê (2)** – Laerte
551.**Pagando o pato** – Ciça
552.**Garfield de bom humor (6)** – Jim Davis
553.**Conhece o Mário?** vol.1 – Santiago
554.**Radicci 6** – Iotti

555.**Os subterrâneos** – Jack Kerouac
556(1).**Balzac** – François Taillandier
557(2).**Modigliani** – Christian Parisot
558(3).**Kafka** – Gérard-Georges Lemaire
559(4).**Júlio César** – Joël Schmidt
560.**Receitas da família** – J. A. Pinheiro Machado
561.**Boas maneiras à mesa** – Celia Ribeiro
562(9).**Filhos sadios, pais felizes** – R. Pagnoncelli
563(10).**Fatos & mitos** – Dr. Fernando Lucchese
564.**Ménage à trois** – Paula Taitelbaum
565.**Mulheres!** – David Coimbra
566.**Poemas de Álvaro de Campos** – Fernando Pessoa
567.**Medo e outras histórias** – Stefan Zweig
568.**Snoopy e sua turma (1)** – Schulz
569.**Piadas para sempre (1)** – Visconde da Casa Verde
570.**O alvo móvel** – Ross Macdonald
571.**O melhor do Recruta Zero (2)** – Mort Walker
572.**Um sonho americano** – Norman Mailer
573.**Os broncos também amam** – Angeli
574.**Crônica de um amor louco** – Bukowski
575(5).**Freud** – René Major e Chantal Talagrand
576(6).**Picasso** – Gilles Plazy
577(7).**Gandhi** – Christine Jordis
578.**A tumba** – H. P. Lovecraft
579.**O príncipe e o mendigo** – Mark Twain
580.**Garfield, um charme de gato (7)** – Jim Davis
581.**Ilusões perdidas** – Balzac
582.**Esplendores e misérias das cortesãs** – Balzac
583.**Walter Ego** – Angeli
584.**Striptiras (1)** – Laerte
585.**Fagundes: um puxa-saco de mão cheia** – Laerte
586.**Depois do último trem** – Josué Guimarães
587.**Ricardo III** – Shakespeare
588.**Dona Anja** – Josué Guimarães
589.**24 horas na vida de uma mulher** – Stefan Zweig
590.**O terceiro homem** – Graham Greene
591.**Mulher no escuro** – Dashiell Hammett
592.**No que acredito** – Bertrand Russell
593.**Odisséia (1): Telemaquia** – Homero
594.**O cavalo cego** – Josué Guimarães
595.**Henrique V** – Shakespeare
596.**Fabulário geral do delírio cotidiano** – Bukowski
597.**Tiros na noite 1: A mulher do bandido** – Dashiell Hammett
598.**Snoopy em Feliz Dia dos Namorados! (2)** – Schulz
599.**Mas não se matam cavalos?** – Horace McCoy
600.**Crime e castigo** – Dostoiévski
601(7).**Mistério no Caribe** – Agatha Christie
602.**Odisséia (2): Regresso** – Homero
603.**Piadas para sempre (2)** – Visconde da Casa Verde
604.**À sombra do vulcão** – Malcolm Lowry
605(8).**Kerouac** – Yves Buin
606.**E agora são cinzas** – Angeli
607.**As mil e uma noites** – Paulo Caruso
608.**Um assassino entre nós** – Ruth Rendell
609.**Crack-up** – F. Scott Fitzgerald
610.**Do amor** – Stendhal
611.**Cartas do Yage** – William Burroughs e Allen Ginsberg
612.**Striptiras (2)** – Laerte
613.**Henry & June** – Anaïs Nin
614.**A piscina mortal** – Ross Macdonald
615.**Geraldão (2)** – Glauco
616.**Tempo de delicadeza** – A. R. de Sant'Anna
617.**Tiros na noite 2: Medo de tiro** – Dashiell Hammett
618.**Snoopy em Assim é a vida, Charlie Brown! (3)** – Schulz
619.**1954 – Um tiro no coração** – Hélio Silva
620.**Sobre a inspiração poética (Íon)** e ... – Platão
621.**Garfield e seus amigos (8)** – Jim Davis
622.**Odisséia (3): Ítaca** – Homero
623.**A louca matança** – Chester Himes
624.**Factótum** – Bukowski
625.**Guerra e Paz: volume 1** – Tolstói
626.**Guerra e Paz: volume 2** – Tolstói
627.**Guerra e Paz: volume 3** – Tolstói
628.**Guerra e Paz: volume 4** – Tolstói
629(9).**Shakespeare** – Claude Mourthé
630.**Bem está o que bem acaba** – Shakespeare
631.**O contrato social** – Rousseau
632.**Geração Beat** – Jack Kerouac
633.**Snoopy: É Natal! (4)** – Charles Schulz
634(8).**Testemunha da acusação** – Agatha Christie
635.**Um elefante no caos** – Millôr Fernandes
636.**Guia de leitura (100 autores que você precisa ler)** – Organização de Léa Masina
637.**Pistoleiros também mandam flores** – David Coimbra
638.**O prazer das palavras** – vol. 1 – Cláudio Moreno
639.**O prazer das palavras** – vol. 2 – Cláudio Moreno
640.**Novíssimo testamento: com Deus e o diabo, a dupla da criação** – Iotti
641.**Literatura Brasileira: modos de usar** – Luís Augusto Fischer
642.**Dicionário de Porto-Alegrês** – Luís A. Fischer
643.**Clô Dias & Noites** – Sérgio Jockymann
644.**Memorial de Isla Negra** – Pablo Neruda
645.**Um homem extraordinário e outras histórias** – Tchékhov
646.**Ana sem terra** – Alcy Cheuiche
647.**Adultérios** – Woody Allen
648.**Para sempre ou nunca mais** – R. Chandler
649.**Nosso homem em Havana** – Graham Greene
650.**Dicionário Caldas Aulete de Bolso**
651.**Snoopy: Posso fazer uma pergunta, professora? (5)** – Charles Schulz
652(10).**Luís XVI** – Bernard Vincent
653.**O mercador de Veneza** – Shakespeare
654.**Cancioneiro** – Fernando Pessoa
655.**Non-Stop** – Martha Medeiros
656.**Carpinteiros, levantem bem alto a cumeeira & Seymour, uma apresentação** – J.D.Salinger
657.**Ensaios céticos** – Bertrand Russell
658.**O melhor de Hagar 5** – Dik e Chris Browne
659.**Primeiro amor** – Ivan Turguêniev
660.**A trégua** – Mario Benedetti
661.**Um parque de diversões da cabeça** – Lawrence Ferlinghetti
662.**Aprendendo a viver** – Sêneca
663.**Garfield, um gato em apuros (9)** – Jim Davis
664.**Dilbert 1** – Scott Adams
665.**Dicionário de dificuldades** – Domingos Paschoal Cegalla

666.**A imaginação** – Jean-Paul Sartre
667.**O ladrão e os cães** – Naguib Mahfuz
668.**Gramática do português contemporâneo** – Celso Cunha
669.**A volta do parafuso** *seguido de* **Daisy Miller** – Henry James
670.**Notas do subsolo** – Dostoiévski
671.**Abobrinhas da Brasilônia** – Glauco
672.**Geraldão (3)** – Glauco
673.**Piadas para sempre (3)** – Visconde da Casa Verde
674.**Duas viagens ao Brasil** – Hans Staden
675.**Bandeira de bolso** – Manuel Bandeira
676.**A arte da guerra** – Maquiavel
677.**Além do bem e do mal** – Nietzsche
678.**O coronel Chabert** *seguido de* **A mulher abandonada** – Balzac
679.**O sorriso de marfim** – Ross Macdonald
680.**100 receitas de pescados** – Sílvio Lancellotti
681.**O juiz e seu carrasco** – Friedrich Dürrenmatt
682.**Noites brancas** – Dostoiévski
683.**Quadras ao gosto popular** – Fernando Pessoa
684.**Romanceiro da Inconfidência** – Cecília Meireles
685.**Kaos** – Millôr Fernandes
686.**A pele de onagro** – Balzac
687.**As ligações perigosas** – Choderlos de Laclos
688.**Dicionário de matemática** – Luiz Fernandes Cardoso
689.**Os Lusíadas** – Luís Vaz de Camões
690(11).**Átila** – Éric Deschodt
691.**Um jeito tranqüilo de matar** – Chester Himes
692.**A felicidade conjugal** *seguido de* **O diabo** – Tolstói
693.**Viagem de um naturalista ao redor do mundo** – vol. 1 – Charles Darwin
694.**Viagem de um naturalista ao redor do mundo** – vol. 2 – Charles Darwin
695.**Memórias da casa dos mortos** – Dostoiévski
696.**A Celestina** – Fernando de Rojas
697.**Snoopy: Como você é azarado, Charlie Brown! (6)** – Charles Schulz
698.**Dez (quase) amores** – Claudia Tajes
699(9).**Poirot sempre espera** – Agatha Christie
700.**Cecília de bolso** – Cecília Meireles
701.**Apologia de Sócrates** *precedido de* **Êutifron** e *seguido de* **Críton** – Platão
702.**Wood & Stock** – Angeli
703.**Striptiras (3)** – Laerte
704.**Discurso sobre a origem e os fundamentos da desigualdade entre os homens** – Rousseau
705.**Os duelistas** – Joseph Conrad
706.**Dilbert (2)** – Scott Adams
707.**Viver e escrever** (vol. 1) – Edla van Steen
708.**Viver e escrever** (vol. 2) – Edla van Steen
709.**Viver e escrever** (vol. 3) – Edla van Steen
710(10).**A teia da aranha** – Agatha Christie
711.**O banquete** – Platão
712.**Os belos e malditos** – F. Scott Fitzgerald
713.**Libelo contra a arte moderna** – Salvador Dalí
714.**Akropolis** – Valerio Massimo Manfredi
715.**Devoradores de mortos** – Michael Crichton
716.**Sob o sol da Toscana** – Frances Mayes
717.**Batom na cueca** – Nani
718.**Vida dura** – Claudia Tajes
719.**Carne trêmula** – Ruth Rendell
720.**Cris, a fera** – David Coimbra
721.**O anticristo** – Nietzsche
722.**Como um romance** – Daniel Pennac
723.**Emboscada no Forte Bragg** – Tom Wolfe
724.**Assédio sexual** – Michael Crichton
725.**O espírito do Zen** – Alan W. Watts
726.**Um bonde chamado desejo** – Tennessee Williams
727.**Como gostais** *seguido de* **Conto de inverno** – Shakespeare
728.**Tratado sobre a tolerância** – Voltaire
729.**Snoopy: Doces ou travessuras? (7)** – Charles Schulz
730.**Cardápios do Anonymus Gourmet** – J.A. Pinheiro Machado
731.**100 receitas com lata** – J.A. Pinheiro Machado
732.**Conhece o Mário?** vol.2 – Santiago
733.**Dilbert (3)** – Scott Adams
734.**História de um louco amor** *seguido de* **Passado amor** – Horacio Quiroga
735(11).**Sexo: muito prazer** – Laura Meyer da Silva
736(12).**Para entender o adolescente** – Dr. Ronald Pagnoncelli
737(13).**Desembarcando a tristeza** – Dr. Fernando Lucchese
738.**Poirot e o mistério da arca espanhola & outras histórias** – Agatha Christie
739.**A última legião** – Valerio Massimo Manfredi
740.**As virgens suicidas** – Jeffrey Eugenides
741.**Sol nascente** – Michael Crichton
742.**Duzentos ladrões** – Dalton Trevisan
743.**Os devaneios do caminhante solitário** – Rousseau
744.**Garfield, o rei da preguiça (10)** – Jim Davis
745.**Os magnatas** – Charles R. Morris
746.**Pulp** – Charles Bukowski
747.**Enquanto agonizo** – William Faulkner
748.**Aline: viciada em sexo (3)** – Adão Iturrusgarai
749.**A dama do cachorrinho** – Anton Tchékhov
750.**Tito Andrônico** – Shakespeare
751.**Antologia poética** – Anna Akhmátova
752.**O melhor de Hagar 6** – Dik e Chris Browne
753(12).**Michelangelo** – Nadine Sautel
754.**Dilbert (4)** – Scott Adams
755.**O jardim das cerejeiras** *seguido de* **Tio Vânia** – Tchékhov
756.**Geração Beat** – Claudio Willer
757.**Santos Dumont** – Alcy Cheuiche
758.**Budismo** – Claude B. Levenson
759.**Cleópatra** – Christian-Georges Schwentzel
760. **Revolução Francesa** – Frédéric Bluche, Stéphane Rials e Jean Tulard
761.**A crise de 1929** – Bernard Gazier
762.**Sigmund Freud** – Edson Sousa e Paulo Endo
763.**Império Romano** – Patrick Le Roux
764.**Cruzadas** – Cécile Morrisson
765.**O mistério do Trem Azul** – Agatha Christie
766.**Os escrúpulos de Maigret** – Simenon
767.**Maigret se diverte** – Simenon
768.**Senso comum** – Thomas Paine
769.**O parque dos dinossauros** – Michael Crichton
770.**Trilogia da paixão** – Goethe

771.**A simples arte de matar** (vol.1) – R. Chandler

772.**A simples arte de matar** (vol.2) – R. Chandler

773.**Snoopy: No mundo da lua! (8)** – Charles Schulz

774.**Os Quatro Grandes** – Agatha Christie

775.**Um brinde de cianureto** – Agatha Christie

776.**Súplicas atendidas** – Truman Capote

777.**Ainda restam aveleiras** – Simenon

778.**Maigret e o ladrão preguiçoso** – Simenon

779.**A viúva imortal** – Millôr Fernandes

780.**Cabala** – Roland Goetschel

781.**Capitalismo** – Claude Jessua

782.**Mitologia grega** – Pierre Grimal

783.**Economia: 100 palavras-chave** – Jean-Paul Betbèze

784.**Marxismo** – Henri Lefebvre

785.**Punição para a inocência** – Agatha Christie

786.**A extravagância do morto** – Agatha Christie

787(13).**Cézanne** – Bernard Fauconnier

788.**A identidade Bourne** – Robert Ludlum

789.**Da tranquilidade da alma** – Sêneca

790.**Um artista da fome** *seguido de* **Na colônia penal e outras histórias** – Kafka

791.**Histórias de fantasmas** – Charles Dickens

792.**A louca de Maigret** – Simenon

793.**O amigo de infância de Maigret** – Simenon

794.**O revólver de Maigret** – Simenon

795.**A fuga do sr. Monde** – Simenon

796.**O Uraguai** – Basílio da Gama

797.**A mão misteriosa** – Agatha Christie

798.**Testemunha ocular do crime** – Agatha Christie

799.**Crepúsculo dos ídolos** – Friedrich Nietzsche

800.**Maigret e o negociante de vinhos** – Simenon

801.**Maigret e o mendigo** – Simenon

802.**O grande golpe** – Dashiell Hammett

803.**Humor barra pesada** – Nani

804.**Vinho** – Jean-François Gautier

805.**Egito Antigo** – Sophie Desplancques

806(14).**Baudelaire** – Jean-Baptiste Baronian

807.**Caminho da sabedoria, caminho da paz** – Dalai Lama e Felizitas von Schönborn

808.**Senhor e servo e outras histórias** – Tolstói

809.**Os cadernos de Malte Laurids Brigge** – Rilke

810.**Dilbert (5)** – Scott Adams

811.**Big Sur** – Jack Kerouac

812.**Seguindo a correnteza** – Agatha Christie

813.**O álibi** – Sandra Brown

814.**Montanha-russa** – Martha Medeiros

815.**Coisas da vida** – Martha Medeiros

816.**A cantada infalível** *seguido de* **A mulher do centroavante** – David Coimbra

817.**Maigret e os crimes do cais** – Simenon

818.**Sinal vermelho** – Simenon

819.**Snoopy: Pausa para a soneca (9)** – Charles Schulz

820.**De pernas pro ar** – Eduardo Galeano

821.**Tragédias gregas** – Pascal Thiercy

822.**Existencialismo** – Jacques Colette

823.**Nietzsche** – Jean Granier

824.**Amar ou depender?** – Walter Riso

825.**Darmapada: A doutrina budista em versos**

826.**J'Accuse...! – a verdade em marcha** – Zola

827.**Os crimes ABC** – Agatha Christie

828.**Um gato entre os pombos** – Agatha Christie

829.**Maigret e o sumiço do sr. Charles** – Simenon

830.**Maigret e a morte do jogador** – Simenon

831.**Dicionário de teatro** – Luiz Paulo Vasconcellos

832.**Cartas extraviadas** – Martha Medeiros

833.**A longa viagem de prazer** – J. J. Morosoli

834.**Receitas fáceis** – J. A. Pinheiro Machado

835.(14).**Mais fatos & mitos** – Dr. Fernando Lucchese

836.(15).**Boa viagem!** – Dr. Fernando Lucchese

837.**Aline: Finalmente nua!!!** (4) – Adão Iturrusgarai

838.**Mônica tem uma novidade!** – Mauricio de Sousa

839.**Cebolinha em apuros!** – Mauricio de Sousa

840.**Sócios no crime** – Agatha Christie

841.**Bocas do tempo** – Eduardo Galeano

842.**Orgulho e preconceito** – Jane Austen

843.**Impressionismo** – Dominique Lobstein

844.**Escrita chinesa** – Viviane Alleton

845.**Paris: uma história** – Yvan Combeau

846(15).**Van Gogh** – David Haziot

847.**Maigret e o corpo sem cabeça** – Simenon

848.**Portal do destino** – Agatha Christie

849.**O futuro de uma ilusão** – Freud

850.**O mal-estar na cultura** – Freud

851.**Maigret e o matador** – Simenon

852.**Maigret e o fantasma** – Simenon

853.**Um crime adormecido** – Agatha Christie

854.**Satori em Paris** – Jack Kerouac

855.**Medo e delírio em Las Vegas** – Hunter Thompson

856.**Um negócio fracassado e outros contos de humor** – Tchékhov

857.**Mônica está de férias!** – Mauricio de Sousa

858.**De quem é esse coelho?** – Mauricio de Sousa

859.**O burgomestre de Furnes** – Simenon

860.**O mistério Sittaford** – Agatha Christie

861.**Manhã transfigurada** – Luiz Antonio de Assis Brasil

862.**Alexandre, o Grande** – Pierre Briant

863.**Jesus** – Charles Perrot

864.**Islã** – Paul Balta

865.**Guerra da Secessão** – Farid Ameur

866.**Um rio que vem da Grécia** – Cláudio Moreno

867.**Maigret e os colegas americanos** – Simenon

868.**Assassinato na casa do pastor** – Agatha Christie

869.**Manual do líder** – Napoleão Bonaparte

870(16).**Billie Holiday** – Sylvia Fol

871.**Bidu arrasando!** – Mauricio de Sousa

872.**Desventuras em família** – Mauricio de Sousa

873.**Liberty Bar** – Simenon

874.**E no final a morte** – Agatha Christie

875.**Guia prático do Português correto – vol. 4** – Cláudio Moreno

876.**Dilbert (6)** – Scott Adams

877(17).**Leonardo da Vinci** – Sophie Chauveau

878.**Bella Toscana** – Frances Mayes

879.**A arte da ficção** – David Lodge

880.**Striptiras (4)** – Laerte

881.**Skrotinhos** – Angeli

882.**Depois do funeral** – Agatha Christie

883.**Radicci 7** – Iotti

884.**Walden** – H. D. Thoreau

885.**Lincoln** – Allen C. Guelzo

886.**Primeira Guerra Mundial** – Michael Howard

887.**A linha de sombra** – Joseph Conrad

888.**O amor é um cão dos diabos** – Bukowski

IMPRESSÃO:

GRÁFICA EDITORA
Pallotti
IMAGEM DE QUALIDADE

Santa Maria - RS - Fone/Fax: (55) 3220.4500
www.pallotti.com.br